JN160273

TOKAI UNIV.
SEAGULLS
Play Hard
Big Family
Don't be Selfish
Graduate
Have Fun

負けるが勝ちだわや

東海大学男子バスケットボール部SEAGULLSの成功哲学

RIKUKAWA
AKIRA

はじめに

感謝――。

監督しての最後の試合を終え、最初に浮かんできたのはこのことでした。

2024年12月15日。群馬県にある太田市総合体育館（オープンハウスアリーナ太田）でおこなわれた「第76回全日本大学バスケットボール選手権大会」、通称「インカレ」の男子決勝戦。東海大学男子バスケットボール部シーガルスは日本大学と対戦し、63－70で敗れました。

表彰式などが終わって、チーム全員で集まり、いつもとおり、4年生が一言ずつしゃべります。その最後に私は選手たちに言いました。

「まずはBチームのみんな、クリーン・ザ・ゲーム賞、おめでとう。みんなの応援は素晴らしかった」

インカレの決勝戦を戦ったのはいわゆるAチームですが、彼らを応援し続けてくれたBチームが表彰されたことに敬意を表したのです。実際、彼らがいなければ決勝戦まで勝ち上がることは難しかったと思います。まずは彼らへの感謝です。

言葉は続きます。

「4年生、俺は感謝しているよ。あなたたちは1年生のときからずっと（インカレの）決勝戦まで連れてきてくれた。あなたたちが頑張ったからだよ。今日、勝たせられなかったのは私の責任。みんなはベストを尽くしてくれた。大事なのはここにいるってこと。ここにいれば絶対に次にチャンピオンになれる可能性がある。でもここを経験していないとわからない。みんなは経験したじゃないか。これが絶対につながる。来年はさ、きめ細やかだぞ。いいか、厳しいぞ。いいか、入野を男にするんだぞ。俺はすごく楽しかった。すごく感謝しています。これが人生。まだまだ続くよ。前を向いて。元気を出して。〝顔晴ろう〟！　はい、お疲れ！」

一般的に「がんばる」は「頑張る」と書きますが、私は「顔晴る」と書きたい。実業家、斎藤一人さんの受け売りですが、同じ「がんばる」でも晴れやかな顔で次に向かったほうがいいと思うのです。

以前から2024年度をもって監督を退き、後任に入野貴幸が就くことは公表されていました。ラストイヤーの、ラストゲームともなれば、もっと感傷的になってもいいのかもしれませんが、そうはなりませんでした。選手たちが本当によく頑張ってくれました。

決勝戦もそうです。前半を終えた時点で19点のビハインドです。諦めることは絶対にしませんが、追いつき、追い越すことはけっして簡単ではありません。それを彼らは3点差まで追い上げたのです。そのファイトは賞賛に値します。

それどころか、彼らはインカレの決勝戦まで勝ち上がっているのです。先ほどの選手たちへの言葉にあるとおり、決勝戦に立った者にしか見えない景色があります。それを経験した者にしか味わえない思いがあります。彼らはそれを財産として残してくれました。

2011年にも、当時の4年生たちに同じことを伝えました。いや、その次の年だったかもしれません。2011年もインカレの決勝戦で負けました。翌年、後輩たちがインカレで優勝したとき、前年のキャプテンが「リクさん、おめでとうございます。でも僕らのときは、やっぱり悔しかったです」と言ってきたのです。そのとき、私はこう返しています。

「いや、この優勝はおまえたちのおかげだよ。おまえたちが昨年、この見晴し台に連れてきてくれたから、チームにとって何が足りないのか、何ができなくて悔しかったのかがわかったんだ。おまえたちのおかげだよ」

それと同じことを2024年の4年生たちにも伝えたかったのです。

それから数か月がたち、2025年度のチームが始動しています。

インカレの決勝戦、1年生だった赤間賢人(藤枝明誠高校出身)は、彼が持つパフォーマンスを発揮できませんでした。ミスして、すぐに交代。めっちゃ悔しがっていました。

その赤間が今、いいんです。まったく手を抜かず、コーチたちが言ったことをしっかり聞いて、全力で練習しています。彼が高校2年生のときに全国大会でとんでもない活躍をしたのですが、その感覚が戻ってきています。2025年は赤間にとっても飛躍の年になるかもしれません。

彼だけではありません。東海大学男子バスケットボール部としては初の留学生であるムスタファ・ンバアイ（福岡第一高校出身）もそうです。彼も頑張っています。

もちろん入野〝新監督〟も必死です。彼は哲学者です。修士論文のテーマが体育哲学なのですが、それを200何十枚と書く、ある種の変態です。でも本当に賢いし、私よりも大学教員向きです。これから研究も深めていくでしょう。選手たちへの指導も理論と実践のメリハリが利いています。彼を後任に選んで間違いなかったなと思っています。

そうした言葉や思いはいずれも「負け」があるからです。

本書のタイトル「負けるが勝ちだわや」は私の祖母――いや、より私らしく書けば、ばあちゃんが幼い私によく言っていた言葉です。詳しいことは第4章に譲りますが、私が何かで負けて、下を向いて帰ってきたとき、一喝するのです。

「章、下に何が落ちている。負けるが勝ちだわや！」

以来、負けても下は向かなくなりました。

負けて悔しい思いをしても、大事なことはそこから何を学び、吸収し、次につなげるか。スポーツの世界ではよく言われることですが、スポーツには縁もゆかりもないばあちゃんが、幼い私に言ってくれたその言葉は、今も私のど真ん中にあります。原点と言ってもいいでしょう。

今回、ご縁があって本書を出版するにあたって、タイトルを考えたとき、最初に浮かんだのが、ばあちゃんの顔でした。同時に「負けるが勝ちだわや！」の声もよみがえってきます。

現役時代を含めて、いくつもの負けを経験してきました。そのたびに自らをメラメラと奮い立たせて、次のゲームに向かっていきました。東海大学男子バスケットボール部の監督として最後のインカレも負けて終わっています。もしかすると天国のばあちゃんが「章、負けるが勝ちだわや！　東海大学男子バスケットボール部はこれからも戦い続けるし、おまえ自身もまだまだこれからだ」と言ってくれたのかもしれません。

新しい挑戦は、ばあちゃんの言葉とともに、踏み出したいと思います。

Tokai

第3章　東海大学のバスケットスタイル

第4章　勝負の原点

第5章　バスケを始めて5年で代表入り

第6章　入社8年目で初優勝&MVP獲得

構成：三上 太
本文写真：著者提供
東海大学男子バスケットボール部SEAGULLS
圓岡紀夫（P201）
YUTAKA/アフロスポーツ（P125）
装幀・本文組版：布村英明
編集：柴田洋史（竹書房）

第1章 恩人、デイブ・ヤナイさんからの教え

突然の休部通達

あるいは、あの出来事がきっかけだったのかもしれません。いや、運命と言い換えたほうがいいのか――。

1998年12月のことです。NKKシーホークス（日本鋼管バスケットボール部）の選手だった私は、年明けにおこなわれる天皇杯に向けて、チームメイトとともに南渡田の体育館でキャンプを張っていました。そこに部長がやってきます。「みんな、ちょっと集まってくれ」。会議室に集められた第一声が「申し訳ない」です。会社がバスケット部の休部を決めた、と言うのです。

これまでもほかのチームが休・廃部になっていたのですが、まさかシーズンの途中に自分たちのチームがそれを告げられるとは思ってもいませんでした。聞かされたときは頭が真っ白になりました。部長は続けます。

「この先、どうしたいか考えてくれ。他のチームに行ってもいい。他の会社に再就職をするのであれば、こちらも全面的に手伝う。引っ越すことになれば、その費用もすべて持つ。もちろん社業に専念するという選択肢もある。考えてほしい」

キャンプどころの話ではありません。私を含めて多くの選手がショックを受けていましたから、一度解散して、翌日をオフにしました。

当時の監督は北原憲彦さんです。私も選手兼コーチとして北原さんをサポートしていたので、北原さんと話しました。私自身はすでに15年間プレーしていましたから、現役を退くこともさほどの問題ではありません。問題は若い選手たちをどうするか。翌春に入ってくる選手も決まっています。一人はバスケットをせずに社業に入ると言い、もう一人はまだプレーをしたいと言う。後者の彼を含めて、移籍を希望する選手たちのサポートに全力を尽くしました。

私自身は、現役を退くこともさほど問題ではないと書きましたが、実は休部を告げられる前から、そのシーズンで引退することを決めていました。チームのOBから、北原さんの後任として監督をやってほしいと言われていたのです。その言葉を受けての決断でした。

とはいえ、現役を退いた選手がいきなり監督をできるとは思っていません。「監督をやるのであれば、デイブ・ヤナイさんのところに1年間、コーチ留学をさせてほしい」と言っていたのです。デイブさんについては、このあとじっくり記しますが、私が尊敬する指導者のひとりで、監督をやるのであれば、彼のもとで学んでからだと思い続けていたのです。

それを聞いた部長も「そこまで言うのであれば、5年計画を提出しなさい」と言います。実際に書きました。

1年間、アメリカに行ってデイブさんのもとで学び、その翌年、北原さんのもとでアシスタントコーチをする。そして3年後にNKKの監督になると書いていたのです。提出したのは休部を告げられる2週間ほど前のことでした。

運命のいたずら

休部を告げられた後、周囲からは「リクがそういう計画書を出すから、会社は休部を急いだんじゃないか」と冗談交じりに言われます。でも私自身は本気で監督になろうと思っていましたから、こんな思いが浮かんできます。

「NKKでバスケットが続けられないんだったら、大学生のコーチをやってみたいな」

なぜそう思ったのか。私が経てきたプロセスを学生たちに教えたいと思ったからです。子どもから大人になるプロセスで、バスケットだけでなく、一社会人としても揉まれてきました。会社に勤めながらバスケットをして、一方で工場で働く工員たちとも仕事をやり遂げる。そうした経験から何が大切かを学び、それを学生たちに伝えることに大きな意義を感じたのです。やりがい、生きがいと言ってもいい。

大学を卒業後、実業団――現在で言えばBリーグ――に進もうが、私と同じように企業に入って仕事をしようが、学生は誰であれ社会人になっていきます。そこには相通じる大事なものがあります。それを教えたかったのです。

その後、デイブ・ヤナイさんに「バスケットを通じて、子どもたちに人生を教えたい」という思いを聞かされるのですが、同じ思いが私のなかにもあったのです。

NKKが休部になると聞きつけて、いくつかのオファーもいただきました。今でいうWリーグのチームからもオファーがありましたし、アイシンの鈴木貴美一(きみかず)さんからも「アシスタントコーチやらないか」と誘われました。そのなかに地方大学からのオファーもあったのです。

当時はまだ開校5年目くらいの新設大学です。体育館などの施設も立派で、私の心はそこへ傾きます。学長面接を受けて、OKも出ました。会社には5月いっぱいでその後の身の振り方を伝えなければいけません。5月前半の連休を使って大学を視察し、そこに行くことを決めたのです。そこで大学日本一を目指すぞ、と。

しかし、これも運命なのでしょう。

その大学以外のオファーをすべてお断りした連休明けに、学長から電話がありました。

「陸川さん、申し訳ない。理事長が開設5年目の大学に専門の監督をつけるのは時期尚早だと言われたので、今回の件は白紙に戻してほしい」

2度目のリストラ宣告のようなものです。それ以外のオファーはすべてお断りしているし、どうしようかと途方にくれました。

唯一の望みはNKKの部長にそのことを伝えていないことでした。そのままNKKで働かせてくださいと言って、会社に残ることになったのです。おそらく神様がいて、「リク、おまえはこの会社で社会人としての経験を積みなさい」というお告げだったのだと思います。実際にNKKに残って、経験したすべてのことが、その後の私にとって大きな財産になりました。学生たちにもその話はしています。

もしあのまま社会人を経験することがなければ――現役時代も会社員として働いてはいるのですが――、社会の厳しさや現実を知らない薄っぺらなコーチになっていたと思います。わずか1年半ですが、それくらい社会人としての経験ができたことは、その後のコーチ人生において、非常に有意義なものだったと思っています。

解説者の失言

社業に入ってからも、テレビ解説の仕事に何度か呼んでいただきました。２０００年の天皇杯の決勝戦だったでしょうか。そこで失態を起こしてしまいます。チャージングの場面です。

私は日本代表時代に、当時の監督、小浜元孝さんからチャージングを取ることの重要性を徹底的に伝えられています。その精神が宿っているからか、チャージングが起きたときに「いいチャージングを取りましたね」と言いました。すると実況のアナウンサーも反応して「いいプレーでした」。

そこで話を終えればいいのに「そうですね。私が日本代表のときに当時の小浜監督から『チャージングから逃げるのは敵前逃亡だ。そんなことをしたら銃殺刑だからな』と言われていましたからね」と、つい言ってしまったのです。もちろん小浜さんの真意は、それくらいの覚悟でディフェンスをしなさい、ということですが、そう捉えられない視聴者も少なからずいます。アナウンサーがすぐに「ただいま不適切な発言がありました。お詫びいたします」。以来、その放送局からは呼ばれなくなりました。

今もＮＢＡの解説をさせていただくことがありますが、初めてその放送局に呼ばれたときにその話をしました。「私、何を言うかわかりませんよ。それでも大丈夫ですか？」。

時代はさらに進んで、今でこそそうした発言は許されませんし、私自身も気をつけています。でもその放送局でのＮＢＡ放映が始まった頃は、今ほどの厳格さはありませんでした。放送局の方も「大丈夫です」と言っていました。もはや過去の笑い話です。

そんなときに新たな動きが起こります。今となっては酒の肴になるような話ですが、結果として、それが新たな扉を開くきっかけになるのです。

抑えきれない思い

当時、次の日本代表のヘッドコーチを誰にするかという話が持ち上がっていました。関係者のなかでは、日本代表を経験していて、しかも今チームを持っていない人がいいという話になっていたようです。水面下で白羽の矢が立ったのが、2つの条件を満たす私でした。

当時の協会は2つの派閥に分かれていました。その両方から私は声をかけられます。条件が合うのは私しかいなかったので、早いうちに取り込もうとしたのかもしれません。

まずは一方が「リク、おまえ、代表の監督をやってみないか」と持ち掛けてきます。私は「とても光栄な話ですが、私はコーチの経験がありません。コーチ経験のない者が代表監督を務めている国は他にありますか?」と聞きました。すると「そうだな。おまえはバカじゃないな。でもアシスタントコーチをつけてやれば、できないことじゃない」と言われます。「いや、それでも無理だと思います。いつか、私にそういう力が備わったときに呼んでください」。そう言って断りました。

他方からも同じように声をかけられます。ただそちらの方はどちらかといえば居丈高です。「陸川、おまえ、代表監督をやれ」。前回同様に「とても光栄な話ですが、私にはコーチ経験が……」と返すのですが、それでも強引にやらせようとします。そうなると私も意地です。「いやです。やりません」。私の性格をわかっていなかったのでしょう。どちらにしてもお断りしたと思いますが、強引に事を運ぼうとすればするほど、それに反発して、私は自分の意見、考えを通したくなるところがあります。

そうして日本代表監督の話は下火になるのですが、私のなかで燻っていたバスケットへの思いに風が吹き込まれてきたのです。「バスケットはいいのか?」。自分のなかの声がどんどん大きくなっていきます。仕事もおもしろくなっていたところだったのですが、もうバスケットはできないのかなという思いも、同時に芽生えてきて、ボッと小さな炎を起こしたのです。

そんな2000年3月頃だったでしょうか。あるスポーツ新聞が「日本代表の監督候補に陸川氏」と報じてしまった。終わっているはずの話が、どこでどう間違って伝わったのか、それとも私の知らない裏側で何かが起こっていたのか、そんな記事が出てきたのです。

当時の強化部長は、樟蔭東高校(現在のアナン学園高校)や樟蔭東女子短期大学を指導し、日本一も経験されている関西の重鎮、原田茂先生です。原田先生に電話をして、「これ、どうなってるんですか! おかしいじゃないですか!」。ものすごい剣幕で、まくし立ててしまいました。原田先生に、なんて失礼なことをしたのだろうと今では反省していますが、当時はそんなことさえ考えられません。あまりにも一方的に私がまくし立てて言うものだから、原田先生もたじろいでいました。

若気の至りとはいえ、本当に失礼なことをしたなと思うのですが、のちに原田先生が、女子日本代表のヘッドコーチをされていた北原さんに「あいつはいいと思うんだけどな」と漏らしていたようです。とてもありがたいことです。でも、当時はコーチ経験がないのですから、断って間違いなかったと今でも思っています。

ただ新聞に出るということは多くの人がそれを目にします。NKKの部長も読んでいて、「陸川、おまえ、日本代表に行くのか?」と聞いてきます。すぐに否定しましたが、気持ちが抑えきれなくて、「ただ、やはりバスケットはやりたいと思っています」と言いました。そこからまたバスケットへの情熱が、さらに沸々と湧き上がっていくのです。

1部か、3部か

同じころ、東海大学体育学部長の斎藤勝先生が久保正秋・前監督の後任を探していました。その話が私のところにも巡ってきます。当時の東海大学は関東大学バスケットボールリーグの3部でしたが、どこか心に引っかかるものがありました。前にも書いたとおり、バスケットを通じて、学生たちに人生を教えたいという思いは、そのときもまるで変わっていませんでした。大学の強さは関係ありません。

ただ人生とは本当におもしろいもので、同じ時期に、関東大学バスケットボールリーグの1部に属する大学からも声がかかります。迷いました。かたや日本のトップレベルにある大学で、かたや3部であがいている大学です。

違いがあるとすれば、1部の大学には実績のある指導者がいました。当面はその方をサポートしながら、ゆくゆくは監督へ、という話だったのです。しかし私にもさまざまな経験で知り得た、やりたいバスケットがあります。たとえ3部の大学であっても、それを追求してみたい。その思いから「よし、こっちのほうが楽しい」と思って、東海大学の公募に願書を出したのです。

現役を退いて1年半、入社してからは16年半ほど働いて、NKKを退職しました。バスケットへの情熱がついに抑えきれなくなったのです。

もちろん、その時点で東海大学に決まる保証は何ひとつありません。お断りした1部の大学からも、特に何かを言われることもありませんでした。おそらく東海大学がその後、1部に上がってくるとは思っていなかったのでしょう。

NKKを退職することを決めたとき、東海大学に願書を提出するのと同時に、もうひとつアクションを起こしていました。2000年10月からコーチ留学としてアメリカに行くことです。前記のデイブ・ヤナイさんが指導している、カリフォルニア州立大学ロサンゼルス校（以下、CSULA）です。

デイブさんのもとで学びたい

アメリカを留学先に選んだのは、アメリカがバスケットボールの本場だからではありません。デイブさんがいたからです。もしデイブさんがヨーロッパでコーチをしているならヨーロッパに行ったと思います。それくらいデイブさんに心酔していました。

デイブさんとの出会いは現役時代です。私が30歳前後のころだったと思います。当時の監督である藤本裕さんがデイブさんを招いて、2年連続でディフェンスキャンプをおこなってくれたのです。そのときすでに「チャンスがあるなら、この人のもとでバスケットを学んでみたい」と思っていました。デイブさんにも「デイブさんのもとで、コーチの勉強させてください」と言ったら、「いつでも来なさい」と返してくださった。そこからメールのやり取りを続けていたのです。

デイブ・ヤナイさんにはバスケットコーチとしての根幹を教えてもらった

その出会いから10年近く経った2000年10月にアメリカに渡ります。おもしろいのは、そのタイミングでデイブさんにもいくつかのオファーが届いていたことです。NBAのロサンゼルスレイカーズから「ディフェンスコーチで来ないか？」と誘われ、NCAAディヴィジョンⅠのトップチームであるUCLAからも「ヘッドアシスタントコーチとして入ってもらえないか？」とオファーがあったそうです。

バスケットをされている人ならわかると思います。どちらのチームも超がつくほどの名門で、オファーがあれば、心を揺らさない人はいないと思います。しかしデイブさんはいずれも、いとも簡単に断るのです。あとで、なぜ断ったのですか？　と聞いたら、デイブさんはこう答えてくれました。

「レイカーズも、UCLAも勝つことがすべてのチームだ。レイカーズはプロだし、UCLAもそれに近い。私が見ているCSULAはディヴィジョンⅡだが、プロに行く子もいれば、社会人になる子もいる。私はそういう子どもたちに、バスケットを通じて、人生を教えたいんだ」

私の考え方ともピタリと一致します。やはりデイブさんを選んで間違いなかった。そう思った瞬間でした。

日本バスケット界の恩人

日本でデイブさんのお世話になっているのは、私だけではありません。私がCSULAにコーチ留学したとき、同校の2年生に北郷謙二郎くんがいました。田臥勇太くんと同時期に、日本の高校バスケット界を牽引していた選手のひとりです。のちにBリーグの三遠ネオフェニックスの社長にもなっています（2022年に退任）。謙二郎とはCSULAでいろんな話をしました。

彼だけではありません。彼のお父さんで、宮崎県立小林高校や延岡学園高校（宮崎）などを率いた北郷純一郎先生もそうだし、福岡第一高校の井手口孝先生もそうです。

デイブさんにまつわることでおもしろい話があります。デイブさんが日本でキャンプを張るときは、もれなく小野秀二さんと私がアシスタントコーチ役になります。福岡第一でキャンプを開いたときもそうでした。しかし井手口孝先生は知らなかったようで、「どういうこと？」と驚いていました。デイブさんを招いたら、元日本代表の小野さんと私がついてきたのですから。

我々からすると、デイブさんはとても大事な、いわば恩師のような方です。だからデイブさんが日本に来たら、よほどのことがない限りは同行して、そこでも勉強させてもらっていました。

２００５年だったでしょうか。東海大学がインカレで優勝して、福岡第一もウインターカップで優勝します。井手口先生と話して、デイブさんを日本に招待しました。費用は折半です。前半は東海大学の祝勝会に招いて、箱根などで数日過ごした後、次は福岡第一の祝勝会があるからと、福岡まで送り届けました。「あとは頼みました」。それくらいデイブさんは、日本のバスケット界に多大なる貢献をされているのです。

最初に告げられた心得

２０００年10月、ロサンゼルス国際空港に降り立ちました。税関を抜け、出口を出るとデイブさん本人が迎えに来ていました。そのままデイブさんの車で大学に向かいます。30分くらいだったでしょうか。駐車場に車を停めて、キャンパスを歩いているとき、柔道の壁画が描かれてあるアリーナの横を通りました。１９８４年のロサンゼルスオリンピックで柔道の山下泰裕さんが金メダルを獲ったアリーナです。

縁を感じました。そのときはまだ決まっていませんが、もしかしたら東海大学に行くかもしれない。その東海大学の現副学長が山下さんなのです。

そうか、ここは山下さんが怪我を押して決勝戦の畳の上に立ち、モハメド・ラシュワンさんを抑え込んだところか……オリンピック好きの私としては、それだけでもワクワクしてきます。

そんなとき、デイブさんが不意に「コーチ・リク」と私に言うのです。

「プレーヤー・イズ・ア・ヒューマン。プレーヤー・イズ・ノット・ア・マシーン（選手は人間です。マシーンではありません）」

前記のとおり、デイブさんはＮＫＫだけでなく、福岡第一高校や小林高校など、日本各地でクリニックをされていました。そこで日本のバスケットについて思っていたことを、コーチングを学ぼうとする私に、最初に告げたかったのでしょう。

それがデイブさんから教わった、コーチとしての最初の心得です。そのときの光景は今でもはっきりと覚えています。デイブさんの柔らかだけれども、芯の通った語り口も忘れられません。

そこから私のＣＳＵＬＡでのコーチ留学は始まっていきます。

無給のアシスタントコーチ

ＣＳＵＬＡはＮＣＡＡのディヴィジョンⅡ、つまりアメリカの大学バスケットボールリーグの2部に属する大学です。

デイブさんはCSULAに来る前、同じカリフォルニア州立大学のドミンゲスヒルズ校にいました。かなり長い時期、ドミンゲスヒルズ校でコーチをしていて、そこにあるバスケットコートは現在「デイブ・ヤナイコート」と命名されています。

話は前後しますが、デイブさんは2020年にジョン・ウッデン賞を受賞しています。その賞を受けているのは、たとえば「コーチK」で知られる、デューク大学の元ヘッドコーチ、マイク・シャシェフスキーさんら、錚々たるメンバーばかりです。ディヴィジョンⅡからはデイブさんが初めてと言っていました。ロサンゼルスにあるジャパニーズアメリカンミュージアムに等身大のパネルも置かれているほどの人です。

そんなデイブさんのもとには当時、私以外に、アシスタントコーチが3人いました。そのうちの2人はプロコーチです。給料も出ます。もう1人はクロアチアからの大学院生で、彼はボランティアコーチです。帰国後はクロアチア代表のアシスタントコーチになっていました。

4人目のアシスタントコーチとなった私ですが、私もボランティアコーチです。つまりは無給。1セントももらえません。生活費は貯金からの切り崩しです。

NKKの早期退職制度は40何歳かに達していると退職金が上乗せされるものでした。しかし私は40歳になる前に退職しています。規定よりも少し若かった。でもバスケットでの実績や、日本初のプロジェクトを成功させるという貢献が認められて、その制度に乗せてくださいました。退職金を少し多くいただけたので、それをベースにして、アメリカでの生活を送ることにしたのです。

そのときはまだ東海大学から合否の通知が届いていません。不採用ということであれば、2シーズン、デイブさんのもとにいてもいいかなと思っていました。それくらいの貯えも、退職金のおかげであったのです。デイブさんにも「2シーズンくらい、勉強させてください」と言っていました。コーチとしての勉強をしに行くわけですが、慣れない外国での生活ですから、まずはその基盤を築かなければいけません。百歩譲って私ひとりであれば、どうということもありませんが、妻がいましたから、生活基盤の確立はより大切になります。

まずは私ひとりがアメリカに渡って、コンドミニアムを借りました。そこへ妻が遅れて来るのですが、彼女は英語ができるわけでもないし、1台しかない車も私が使います。どこにも行けない。早々に「日本に帰る」と言い始めたのです。

困ったなと思っていたときに、ウィリアム・稚子（わこ）さんという、かつて日本でバスケットをされていた日本人女性を知り合いから紹介して頂きました。アメリカ人の男性と結婚して、市民権も取得された方なのですが、彼女に出会ったことが幸運でした。妻の状況を伝えると、「じゃあ、私たちと一緒に住む?」と言ってくださって、半年間、お世話になることになったのです。私たち、というのは、アメリカ人のご主人とは別れたそうなのですが、息子さんがいたのです。のちに延岡学園から拓殖大学に進む永井オーティスくんです。彼がまだ小さいころ、半年間ではありますが、彼と一緒に生活をしていました。

稚子さんのおかげで、妻はストレスも軽減され、語学学校に通うようにもなりました。最後のほうは、買い物をするレベルの英語は堪能になって、そうした日々を楽しんでいるようでもありました。

厳しいNCAAのルール

学生の留学であれば学校で授業を受けるわけですが、コーチ留学は異なります。CSULAのコーチは、デイブさんをはじめ、いわばプロです。給料を得ながら、バスケットの指導をしています。コーチたちはたいてい午前10時くらいに集まって、ミーティングをします。その日の練習メニューを決めていくわけです。私もそれに合わせて、行動していました。

ただし、NCAAにはコーチングに関する厳格なルールがあります。10月中旬くらいの解禁日まで、コーチがボールを使って直接指導できるのは3人まで、といった縛りがあるのです。もちろん学生たちはピックアップゲームなどをしていいのですが、それもコーチが見ていないところで、といったルールがありました。

私がCSULAに行ったのは10月上旬ですから、まだコーチングの解禁はされていません。デイブさんはどうするんだろう、と思って見ていたら、5人の選手にフォーメーションの動きを教えるわけです。ただしボールは使いません。「エアギター」と呼ばれる、あたかもギターがあるかのような動きをするパフォーマンスがありますが、あれと同じです。ボールをエアで投げたら、レシーバーはパンと手を叩く。それがキャッチの合図です。そうしながら、決められた時間のなかで、5人に動きの指導をしていました。

その後、ポジションごとに3人ずつ呼び、ボールを使ったワークアウトを行います。残りのメンバーはコーチのいないところでピックアップゲームをしていますから、最初の3人の時間が終わったら、次の3人が呼び出されます。次のグループには1対1をやらせたり、また別のグループの順番になるとスキルのワークアウトをさせていました。日本の大学とはまったく異なる練習風景を目の当たりにして、すごく勉強になりました。

私を含めた4人のアシスタントコーチには、それぞれに役割があります。しかも多岐にわたります。

プロの2人はデイブさんと戦術や技術に関するコーチングをしたり、相手チームのスカウティングをしていました。

学業面のサポートをすることも、アシスタントコーチの役割です。アメリカの大学は単位が取得できなければ、どれだけ優秀な選手であってもプレーはできません。そのためCSULAではアシスタントコーチの1人であるギャリー・プランケットと、クロアチアから来ていた大学院生のボランティアコーチ、トムスラ・ミヤトビッチ（通称・トム）が中心になって、週に1回、「スタディテーブル」と呼ばれる勉強の時間を設けていました。彼らは学業面での優秀さも買われていたようです。練習の2時間前くらいに選手全員を集めて、わからないところを教える。そうして単位を取らせるようにしていたのです。

選手のユニフォームを洗濯するのも、アシスタントコーチのギャリーと、大学院生コーチのトムの仕事でした。私も手伝いました。アウェイゲームに向かうバンの運転もアシスタントコーチの仕事です。15人乗りくらいのバンを2台。5時間程度の移動であれば、バンを使っていました。それ以上の距離になると飛行機を使って、一泊することもありましたが、基本は車社会なのだなと学びました。

私のバスケット面での役割はビッグマンのワークアウトです。デイブさんは私がどういうプレーヤーで、日本でどのような経験をしているかを知っています。日本代表時代にピート・ニューウェルさんに教わっていることも知っていたので、CSULAのビッグマンたちをコーチしてくれ、というわけです。チーム練習が始まる前にビッグマンを呼んで、ポストムーブなどのワークアウトをさせます。そうやってチームや選手をサポートしながら、さまざまなことを学んでいきました。

デイブさんとはNKKのキャンプで会っていますから、繰り返しになりますが、お互いのことはある程度知っています。でもほかのアシスタントコーチや選手たちは私が何者かを知りません。片言の英語で、どんどん話しかけました。わからないことがあれば、すぐに聞く。これはNKKで学んだことであり、一方で私のインターナショナルな性格が功を奏したのだと思います。すぐに打ち解けました。

そうはいっても指導しているのは大学生です。成熟しきれていないところもあります。これはアメリカも、日本も変わりません。CSULAでも当初は私のことを舐めていた選手がたくさんいました。

ただデイブさんが「バスケットボールを通じて、人生を教えたい」と言う方ですから、その教えも浸透していたのでしょう。必要以上に何かあったわけではありません。私自身も学ばせてもらっているわけですから、彼らがシューティングをするときは、すべてリバウンドをしていました。彼らのサポートに徹していたのです。そうするとだんだん仲良くなっていきます。

1人、アメリカの南部から来た子がいました。ディションという名の子です。ただ当時の南部では「イエッサー（Yes sir）」のように語尾に「サー」をつける風習が残っていました。コーチの問いかけには必ず「サー」をつける。ロサンゼルスの子は絶対につけません。「ハイ、コーチ」とか「ヘイ、リク」「リクサーン」といった陽気な感じです。そういう子たちからすると、ディションの「サー」は奇妙に映るのでしょう。小馬鹿にするように、ふざけてディションの前で「サー」と言って、からかうわけです。

ディションはセンスのある子でしたから、シーズン序盤はスタメンとして起用されていました。しかし、なかなかチームメイトと馴染めず、彼自身もあまりしゃべらないので、徐々にバックアップに回って、元気がなくなっていきます。私は何とかしようと、「おい、ディション。キミは能力があるんだから、自分を信じよう」と片言の英語で言い、リバウンドをしたり、話を聞いていました。

そうしたら、ある試合でディションが25得点を挙げたのです。190㎝ちょっとだったのですが、ダンクシュートも2発くらい決めて、シュートもバシャバシャと決まる。彼のおかげで逆転勝ちしたようなものです。その試合後、ディションが私に抱きついてきました。

「コーチ！　コーチのおかげだ！」

そのときに言葉や人種、宗教なんて関係ないのだなと思いました。片言の英語であっても、一生懸命に伝えようと思えば、その気持ちは国籍などに関係なく、伝わります。だから、その後、東海大学に入るときも、年齢こそ違いますが、同じ日本人なのだから、つながれないはずがないと思うことができたのです。

日本に帰るときも、学生たちがみんなハグをしてくるのです。「ありがとう、コーチ・リク」と言いながら。うれしかったですね。本当に涙が出そうでした。

5つの教え

「バスケットを通じて、人生を教えたい」というデイブさんが、学生たちに特に強調して教えていたのは5つのことです。

まずは「Play Hard（プレーハード）」です。つまり一生懸命、全力を出しきること。これはバスケットに限らず、勉強でも、仕事でも、人生のすべての通じるものです。

2番目に「Big Family（ビッグファミリー）」。これは東海大学でも使っていますが、チームはすなわち大きな家族です。コーチと選手だけではありません。さまざまなサポートをしてくれる多くのスタッフや、親御さんを含めた応援してくれる人々、そのすべてを含みます。そうした人々を思いやる気持ちや、助け合い、協力して団結していく力を身につけてもらいたい。ディフェンスでもお互いを助け合おうとしなければ、ヘルプが遅れて、失点につながります。たったひとつのそれが敗因になることもあるのです。それが「ビッグファミリー」に込められた考え方でした。

3番目が「Don't be Selfish（ドントビーセルフィッシュ）」。日本的に言えば「無私の精神」です。わがままを言わず、忍耐強く、自分の役割を果たしてチームに貢献することです。

4番目は「Graduate（グラデュエイト）」。すなわち『卒業すること』です。今でこそNCAAのディヴィジョン1に入った子たちが、1年でNBAに行くことが多くなりました。昔はそうではありません。マイケル・ジョーダンは3年生でシカゴ・ブルズから指名を受けますが、その後、ノースカロライナ大学に戻って、学位を取っています。つまりバスケットボール選手としての生活が終わった後のことも考えて、成績や試験、自分の単位をしっかり把握しておくこと。だからこそ週に1回、スタディーテーブルも用意していたのです。大学を卒業することはすごく大事なのだと強調されていました。

最後の5番目は「Have Fun（ハブファン）」、楽しむことです。笑いもときにはOK。メリハリが大事だと言っていました。これらのバランスは人生においても大事なことです。だから一生懸命、真剣になりながらも、楽しむことを忘れてはいけません。シーズンはあっという間に過ぎてしまうとも教わりました。

私はこのコーチ留学を通して、バスケットの技術や戦略、戦術も当然のことながら学びたかったのですが、それ以上にデイブさんのバスケット哲学を学びたかったのです。そのために来たといっても過言ではありません。戦術もたくさんありますが、それらは映像を見ればわかります。もっと大事な、コーチとして根本を学びたかった。デイブさんの言葉を聞きながら、改めてそう感じていました。

実際、デイブさんの哲学はどれも素晴らしいものでしたが、一方で私がこれまで経験してきて、日本で学び得たこととともしっかりと結びついているものでした。それらについては、今後の章でそれぞれ記していきますが、デイブさんがそれを、コーチとして大事な5つの言葉にして表してくれたことで、私の生き方は間違っていなかったのだなと実感しました。

技術の山と心の山の先へ

デイブさんからは、ほかにもたくさんの大事なことを教わっています。NKK時代に言われたことなのですが、「技術の山と、心の山を登りなさい。その二つの山の頂上を目指しなさい」です。

これはチームだけでなく、選手個々にも言えることです。技術の山は個人でも登れますし、心の山も、大変ではありますが、個人で登ることができます。

しかしデイブさんの言葉には続きがあります。

「その二つの山を登った先に、チャンピオンの山が見える。この山は一人では登れない。チームメイトと協力して、助け合うことで登れるのがチャンピオンの山だ」

だからこそ、まずはその土台を築くべきだ。技術の山と心の山を登りなさい。そう言って、地獄のディフェンスキャンプが始まるのです。練習は本当にきつかったです。でも、最初にそうした言葉を聞いていますから、チームで乗り越えられます。少し古臭い言葉になりますが、同じ釜の飯を食って、寝食を共にする仲間は最後に助け合えるのです。それこそが、大学生が4年間をかけてやるべきことではないかと思うのです。

その考え方は、コーチ留学から25年が経った今も変わりません。それが東海大学男子バスケットボール部をして、「ビッグファミリー」と言われる所以でもあります。

東海大学に入ってすぐの頃、よく言っていました。私の子どもと言ってもいいくらいの年齢の子どもたちです。だから俺は親父だ。4年生が長男で、そこから学年が下がるごとに次男、三男、四男となっていく。みんなは兄弟だと。そして、こう続けるのです。

「いいかい、俺たちは家族だ。ビッグファミリーだ。兄弟は助け合うよな？　間違ったことをしたら叱るよな？　兄弟げんかもするかもしれないけど、それでも最後は家族が守るぞ。それが俺たちの根本だ。お互いが助けなきゃダメだよ」

技術の山についてもたくさん教わるのですが、そうした心の山について教わったことは、今でも息づいています。

プレッシャーリリース

アメリカに来て1週間くらい経ったときでしょうか。デイブさんに食事に誘われました。そこで「コーチという職業はたくさんのプレッシャーがかかるから、ストレスが溜まる。バランスを取ることが大事だよ」と言われます。

そのためにはまず「グッドレスト（よく寝なさい）」と言われました。そして「イート（食べなさい）」。「ユーモア（ジョークなどを言い合って、笑いなさい）」。あとは「エクササイズ（運動をしなさい）」。

コーチはいろんなことを考えてしまうものです。勝ち負けの結果もそうですし、子どもたちの成績や人としての成長もそうです。親御さんから大事な子どもを預かるということは責任が伴います。だからストレスが溜まる。そんなプレッシャーをリリースできるような時間を取りなさいと言っていました。気の合う仲間とお酒を飲みに行くのでもいいし、ジムに行って汗をかくとよく眠れるからと、デイブさん自身もよく走っていました。ウェイトトレーニングもしていました。

それを聞いてから、稚子さんの家の近くにある中学校のグラウンドでよく走っていました。すると、どう見ても60歳を超えた、体格のよいおじさんが何本もダッシュをしているのです。ダッシュだけではありません。懸垂もガシガシとやっている。その姿を頻繁に見かけるので、「失礼ですけど、おいくつですか？」と聞いてみたことがあります。

「トゥウェンティーファイブ」

25歳！　そのジョークというか、ユーモアがいいなと感じて、それ以降、会うたびに「ハイ」なんて挨拶をかわすようになって、仲良くなりました。インターバルトレーニングのようなダッシュを何本もしているので、たまにチャレンジしてみましたが……。世界は広いというのは、こうした社会の一コマにも感じられて、驚かされたのを覚えています。

この話には続きがあります。1か月後、デイブさんとまた食事に行きました。そこでまたプレッシャーリリースの話になります。今度は少し過激です。

「今は大学のコーチでも、NBAのコーチでもストレスやプレッシャーで体を壊したり、家庭を壊したりする人が多いんだ。コーチ・リク、体を壊すようなことがあるなら、バスケットのコーチは辞めなさい」

これからコーチになろうと思って、デイブさんのもとへ来た私に、「体を壊すくらいなら、コーチを辞めろ」と言うのです。驚きました。

ただ、デイブさんの真意は伝わります。人生以上に大切なものはないよ、という意味だったのでしょう。あれから25年経ちますが、今もコーチングが楽しくて、楽しくて仕方がありません。

もちろん東海大学の監督になってから、プレッシャーを感じたり、ストレスの溜まることもありました。ただ、デイブさんの教えを思い返すまでもなく、私は元々、その教えを地で行くタイプです。お酒も飲みますし、妻が言うには、たまに私が悩みを打ち明けているときも、いつの間にか寝ているそうです。さっきまで話していたのに、気づくと寝ている。寝落ちが早いというのです。たまに、夜中に目が覚めて、バスケットのことを考え出すこともありますが、経験を重ねるうちに、ものの考え方でだいぶん変えられるようになりました。コーチは私の天職だと思っています。

セブンティーン

同じディヴィジョンⅡでも、CSULAと同じくらいレベルの高いバスケットをするチームもあれば、そうではないと思うチームもありました。ただデイブさんは、先ほども書いたとおり、レイカーズやUCLAからもオファーが来るようなコーチです。チームの所属としてはディヴィジョンⅡですけど、やっていることのレベルは高い。ただ勝つだけではなく、人生を教えるうえでも持っているものを出し惜しみすることなく、すべてを注ぎ込んでいました。それがデイブさんの哲学でもあったのだと思います。

当然、勝つこともあれば、負けることもありました。その試合のために準備から入念かつ真剣ですから、結果に関わらず得られるものはあります。

そうはいっても、選手たちはまだまだ若い学生ですから、安定して集中できないこともあります。あるとき、試合だったか、練習だったかは忘れましたが、ちんたらしたムードになっていました。私自身はそうしたムードが大嫌いですから、それをはっきりと感じるわけです。私はトムと一緒に「レッツゴー！」などと言って、選手をハッスルさせようとしますが、あまり効果がありません。

するとデイブさんが「サイドラインに並べ」と言うのです。CSULAには「セブンティーン」と呼ばれる練習メニューがありました。サイドライン間を1分間で17回往復するダッシュのメニューです。

ああ、来たな、と思ったら、「コーチたちも並べ」と言います。我々4人のアシスタントコーチたちもセブンティーンをさせられました。

練習後、選手たちがいないところで、デイブさんは我々を呼んで、プロコーチの2人に言います。「リクとトムはボランティアコーチだぞ。おまえたちはプロだろう？　こいつらが必死になっているのに、おまえたちは何をやっているんだ！」。めちゃくちゃ怒られていました。

集中力を欠いていた選手たちにも何かを言ったのかもしれませんが、そうした空気を変えようとしないコーチたちも叱られるのかと驚きました。むろん、頑張って盛り上げようとしている私たちまで走らされるのか……とも思いましたが、プレーハードと、ビッグファミリーであることを考えさせられるセブンティーンでした。

相手役がいてこそ

CSULAでのバスケットについても話しておきましょう。

あるとき、移動に5時間くらいかけて。相手校のアリーナに行きました。試合はたいていナイトゲームなので、寮に帰ってくるのは12時を過ぎることもあります。

学生たちを寮の前で降ろしたら、5人のコーチたちはそのままオフィスに行きます。今日の試合はどうだったという話し合いが終わると、おもむろにガチャンとビデオテープが入ります。試合を見ながら、ああだ、こうだと言っていると2時になります。すごいなと思っていたら、次の対戦相手のビデオテープがガチャン。終わるのは4時過ぎです。「じゃ、コーチミーティングは朝10時からな」。日本とは違うなと思いました。

アシスタントコーチは、それでもまだ寝られません。自宅に帰って、他の対戦相手の映像も見ておかなければいけないからです。

バスケットに直接かかわることで最も学んだのは、そうしたスカウティングと言っていいでしょう。たとえば週末の対戦相手の個人の特徴が紙で配られます。個人だけでなく、相手チームのフォーメーションも書き出されます。それに対して、このときはこう守る、この動きはこう守ると示されて、それらが練習に組み込まれます。選手たちは練習までに紙に書き出されたことを暗記しなければいけません。

練習場に来たら、スカウティングレポートは回収されます。回収されたうえで、コーチから質問されます。「相手の○番はどっちのプルアップが得意なんだ?」「どういう得点パターンがある?」「フォーメーションはどういうものがあるんだ？　それはどう守る?」。覚えていなければ、アシスタントコーチにめちゃくちゃ怒られます。選手たちは真剣に、集中して、そのレポートを見なければいけません。もはやプロと同じです。

そうやって覚えたことを、今度はチーム練習で対策していく。この選手はこういう動きが得意だから、こちらに追い込もう。このフォーメーションできたら、こう守るぞ。シーズン中はとにかく試合に向けた、実戦的な練習をするのです。

それは東海大学に入った1年目、秋のリーグ戦ですぐに取り入れました。その前年に3部から2部に上がっていて、サイズ的には東海大学が一番小さなチームだったと思います。それでも相手が最初にやりたいことを全部止めました。今はどの大学も当たり前のようにやっていますが、当時はどこの大学もスカウティングをやっていなくて、東海大学が最初にやったように思います。

東海大学は着用するビブスの色でチーム分けをしていて、ブルーとホワイト、レッドの3つに分けられています。そのうちレッドが相手チームのフォーメーションを覚えて、再現します。ブルーとホワイトはそれに対する東海大学としての動きを練習するわけです。

2025年度から私の後任として監督に就任する入野貴幸が1年生のとき、私が監督に就任しました。今でこそ、私の後任として自信を持って推せるコーチになりましたが、当時は血気盛んな18歳です。レッドだった彼は「なんで俺たちが相手チームの真似をしなきゃいけないんですか」と不満をあらわにしていました。そのときに言いました。

「いや、君らがいると東海は勝てるんだ。君らが相手チームの〝役〟以上に本気になって、相手チームのオフェンスやディフェンスをしてくれるから、ブルーとホワイトは、それをどう守るか、どう攻めるかができる。それをやったら我々の勝利が見える。君らが一番大事なんだ」

納得してくれました。今もそれは続いています。東海大学ではレッドチームが一番大事なのですが、それはCSULAで学んだことです。

やる気を維持させるために

東海大学のバスケットの根幹はディフェンスにあります。ディフェンスとリバウンドとルーズボール。この3つが我々を勝利に導くという考え方です。これもデイブさんの考えと一致しています。デイブさんもよく「ディフェンスが勝利に導く」と言っていました。

ディフェンスの練習は、CSULAといえども、やはり地味で疲れるものばかりです。ただデイブさんのうまさは、最後にファンドリルを入れることです。つまりは選手たちが「楽しい」と思える練習を最後に入れる。たとえば「ノックアウトシューティング」。一列に並んで、順番にフリースローラインからジャンプシュートを打つのですが、前の選手がシュートを外して、ボールを拾っているうちに、後ろの選手に決められると負け。列から抜けていって、最後に誰が勝ち残るかを競うドリルを体力的に厳しい練習の後に入れます。そうすると選手たちも盛り上がります。

そうした練習のプログラムの仕方が絶妙でした。

最初に高いメンタリティやフィジカルが必要な練習をさせておいて、最後にその厳しさや疲れを忘れるような、楽しめるドリルを入れる。その逆もありました。

体力的には厳しいのだけど、どこかで選手たちが満足感や充実感を得られるような練習もプログラムされていました。そうした練習の組み方が絶妙に上手なのです。

1週間の練習も、たとえば月曜日から金曜日までをハードな練習にしたら、土曜日はあえてオフェンス中心の練習にする。ディフェンスもゾーンにして――それはそれで厳しいのですが――、アウトサイドからのシュートが多くなるように仕向けます。3ポイントシュートなどの距離の遠いシュートを決めるのは気持ちが良いものです。それは古今東西、変わらないのでしょう。そうして選手たちのやる気を維持させるのです。

そうすると月曜日から金曜日までハードなディフェンス練習をしていても、土曜日がオフェンス中心で、楽しさを感じられる練習だから、気持ちよく1週間の練習を終えられます。翌日のオフを挟んで、月曜日にはまたよい状態で練習ができるようになります。

アーリーシーズンは、コンディショニングやメンタルタフネス、フィジカルタフネスを作る。チームコンセプトを教え、ファンダメンタルを教える。シーズンをスムーズにスタートさせるには、オフシーズンからしっかり準備しておかなければいけない。

そうした考え方や、それを実践のドリルにどのように落とし込んでいくかを学びました。もちろん本場アメリカのスキルも、実際に目の前で見られるわけですから、すごくいい勉強になりました。

あとはチームスピリットやチームケミストリーを作る練習を、硬軟織り交ぜながらおこなって、チームの士気を高めていく。ルーズボールへのダイブ、インターセプト、チャージング——そうしたハッスルプレーにはコーチも一緒になって手を叩き、選手同士でハイファイブやバンプザチェストで気持ちを伝えあう。今、東海大学で我々がやっていることは、すべてデイブさんのもとで学び得たものです。

ターンオーバーについての考え方や、ファストブレイクとはどういう現象なのか、モーションオフェンスも、こういうときはどう考えるべきか。デイブさんのマンツーマンディフェンスのフィロソフィーとして、まずは相手の好きなことをさせないとか、スタンス、プレッシャー、パスカット……ありとあらゆることを細かく学びました。アシスタントコーチは何を必要としているのかといったことまで、学んだことはすべてノートにまとめてあります。最近はあまり見ることもなくなりましたが、東海大学に来てすぐのころは、よく振り返っていたものです。

でも、結局のところ、一番振り返るのは、デイブさんの考え方です。戦略・戦術は常に進化しますし、最新のそれはいろんなコーチから教わることができます。今ではYouTubeからでも、学ぼうと思えば、いくらでも学べます。

ただバスケットに対する考え方やフィロソフィーについては、簡単に学ぶことはできません。何を根本としているのかまでしっかり理解しておかなければ、戦略・戦術がいくらよくても、砂上の楼閣になってしまいます。

ナイススイング！

アメリカでのコーチ留学で学んだのは、デイブさんからだけではありません。アメリカという国で、たとえ半年とはいえ、濃密に過ごしていると、日本との違いを感じざるを得ません。そのひとつに「思い切ってやったのであれば、たとえ結果が失敗だとしても褒める」という、アメリカならではの考え方があります。

これはデイブさんではなく、稚子さんから紹介していただいて、多くの日本人とご飯を食べに行ったときに聞いた話です。ある日本人夫婦の息子さんが、当時、小学5年生か、6年生で、野球のチームに入っていたそうです。その試合を見に行ったら、最終回のツーアウト満塁で、息子さんに打席が回ってきました。どうだったのですか？　と聞いたら、空振り三振だったと言うわけです。

日本であれば、もしかすると監督に「何やってんだ！」と言われてもおかしくありません。今はどうかわかりませんが、当時の日本であれば、そういう場面が多かったように思います。でもアメリカのコーチは、それも若いコーチだったそうですが、彼に「ナイススイング！」と言ったそうです。「よく思い切って振ったな」と。

そうすると、息子は次の日もニコニコしながら「練習に行ってくるね」と出かけていくんですよ、とご夫婦は言っていました。これだなと思いました。

前向きな言葉をかけると、子どもたちはもっともっとやる気になるんです。この話はいいなと思って、東海大学の監督になってからも大事にしています。

すべては自分次第のアメリカ

もうひとつ、アメリカで大きな気づきがありました。

アメリカでは自分が欲して、自分で行動したら、いくらでもそれに関する人やものに巡り合うのです。つまりは自分次第というわけです。頑張れば周囲も賞賛してくれますが、何もやらなければ、誰も何も言いません。日本人のように「どうした？」なんて、関心を持ってはくれないのです。

正直に言えば、最初は怖いと思いました。すべてが自己責任だから、何もしない人には、他人も「アイ・ドント・ケア（気にしない）」です。気にもかけてくれない。でも裏を返せば、何も言われないのだから、自分の夢や目標があって、これをやりたいと自らがやっていけば、周りも認めてくれるし、やらせてくれます。それが私には楽しかった。日本では感じられないことで、とても勉強になりました。

どうしてそれを知ったかと言えば、日本料理を食べに行ったときに、日本人の若い子がアルバイトをしていました。そこで何気なく「君は何をしにロスまで来たの？」と聞いたのです。

当初は違う目標があってロサンゼルスまで来たのですが、うまくいかなかったそうです。じゃあ、今は何をしているの？　と聞いたら、本当であればアルバイトもできないそうなのですが、それで食いつないでいると。それを聞いて、「1回さ、日本に帰って、自分のやりたいことをやるのか、もう1回考えたほうがいいんじゃないか？」と言ってしまったのです。

「なんでそういうことを言うかっていうとね、ロスに来て思ったのは、アメリカは怖いよ。だって楽だもん。誰も何も言わない。誰も何も言ってくれないって本当に楽だよ。だから、そこで自分が何かをやろうとしない限り、アメリカは危ないよ」

その少し前にボクシングのマイク・タイソンが捕まっているのです。それまで世界チャンピオンだった彼が周りから一斉にバッシングをされて、誰からも相手にされなくなっていました。でも彼はそこから頑張って、もう一度、チャンピオンになります。そこからまた挫折していくのですが、一度収監された人が、チャンピオンの座に戻れるのがアメリカです。自らの努力次第で何度も立ち上がれるし、それを賞賛する懐の深さもあります。

東海大学でも、落ち込むようなことがあったときに、それでも辞めずに4年生まで頑張った子はいました。バスケット部を辞めると言ってきたときに、言ったのです。

「いや、今辞めても、たぶん、他のことも辞めちゃうよ。ここが頑張りどきじゃないか」

私にそう言われて、4年生のときに優勝を経験した子が2人います。

入ってきたときは誰もが「東海大学で頑張るんだ」と意気揚々としています。でも周りの子たちもレベルが高いですから、試合に出られないこともあります。思うようにプレーができないこともあります。俺はもうダメなんじゃないか。もうついていけないと思ってしまいがちです。特に1、2年生に多いのです。「いや、そうじゃないよ。まだ1年生（もしくは2年生）なんだから」と諭すのも私たちコーチの仕事です。

最終的には本人の意思の強さです。コーチ歴25年の経験で言えば、ガードの子たちは、どのカテゴリーでも〝人口〟が多い中で勝ち上がってきているから、意思が強い子が多いように感じます。ただ身長の大きい子、いわゆるビッグマンは、それまでチーム内で競り合うことなくゲームに出られていた分、カテゴリーが上がって、チーム内にライバルが出てくると、その弱さが出てきてしまうことが多いように思います。

その点、アメリカは、同じビッグマンでも若いうちからライバルが多いので、カテゴリーが上がれば上がるほど、選ばれし者の舞台になります。実力主義で、それが認められなければカットされます。カレッジから上がってくる子に押し出されるようにして、他大学に移っていく子もいました。学生ですから当然、勉強もしなければなりませんが、バスケットボールにおいてはプロと変わらないなと思ったことを覚えています。

ディヴィジョンⅡであっても関係ありません。より高みを目指す学生たちがインターネットなどを使って、積極的に自分を売り込んでくる世界です。大学生だけではありません。高校生も、です。それにもコーチたちは対応していきます。当時、ロスターの12人のうち2人が、売り込みから「ウォークオン」と呼ばれるトライアウトを経て、入ってきた選手でした。あのときは、とにかくリバウンドの強い、ＮＢＡ選手だったデニス・ロッドマンみたいな選手が入ってきていました。

それくらいアメリカという国は、自らの意志で動いて、チャンスを掴めば、上がっていける国なのです。

第2章 ビッグファミリー

春の紅葉

半年間のコーチ留学を経て、2001年の春に帰国します。そのシーズン、CSULAがNCAAトーナメントに出場することができなかったこともあって、私の誕生日である3月11日に東海大学での新しい生活をしたい。そう思って3月9日に帰国しました。

体育学部体育学科の講師として採用され、それが正式なスタートを切るのは4月1日です。その約3週間前の3月11日に初めて東海大学の湘南キャンパスに足を踏み入れました。部屋を取っておいてもらって、男子バスケットボール部の部員と初めてのミーティングです。

部屋に入っていくと、赤、緑、黄色、金色……色鮮やかな髪色をした選手たちが座っています。

「おお、春なのに紅葉してるなぁ」

東海大学男子バスケットボール部の監督になった私の第一声です。

そうしてホワイトボードに、大きく目標を書きました。

「1部昇格!」

「インカレ優勝!」

それを見た選手たちは大爆笑です。

もちろん私は本気です。本気で1部昇格を狙っていましたし、インカレの優勝も狙っていました。ただ、当時の東海大学は関東大学バスケットボールリーグの3部から2部に上がるタイミングだったから、多くの選手はそれを真に受けることができなかったのでしょう。

私以外にもう一人、それを本気にしている選手がいました。入野貴幸です。入野は4月から東海大学に入学する子でした。つまり、そのミーティングのときはまだ高校3年生です。東海大学第三高校、現在の東海大学付属諏訪高校（長野）の卒業生なのですが、神奈川県伊勢原市出身で、実家に戻っていました。

当初は、大学でバスケットを続けるつもりはなかったそうです。優秀なのです。4年後には体育学科を首席で卒業していますし、就職も、結果としては母校に戻るのですが、一部上場の商社から内定を受けています。その副社長からも直接「来てくれないか」と言われていたほどです。

そんな子ですから、関東大学2部に上がろうという東海大学男子バスケットボール部は輝いて見えなかったのでしょう。そこに「陸川章がヘッドコーチとしてやってくる」と聞いて、おもしろそうだから、やっぱり続けようと翻意したそうです。それでミーティングにも参加していました。

当然のことながら、そんなことは知りません。そもそも私は誰が何年生かも知らないわけです。唯一、私が大書した目標を笑いもせずに、真剣に聞いている子がいるなと思ったことは覚えています。

結果として、その入野が4年生のときにキャプテンを務めて、1部昇格を決めています。その後、前記のとおり、母校である東海大学付属諏訪高校の教員になって、同校の男子バスケットボール部を全国レベルの強豪校に押し上げました。2023年からはアシスタントコーチとして大学に戻ってきてくれて、2025年、入野は私の後任として東海大学男子バスケットボール部の監督になります。

もったいなかった1期生

さて、髪の毛が紅葉していた東海大学です。ミーティングから3日間、最初の練習をしました。今なお続く、東海大学の根幹、ディフェンスの基礎を徹底的に指導したのです。その終わりに私の考えを伝えました。

「私はチームから茶髪などの選手はいないと聞いていたよ。今はまだ、見た目で勝手に判断されてしまうんだ。たとえば何か悪いことをしたら、『ほらな』と言われるし、よいことをしても『ふうん』という程度だよ。周りはまだ外見だけで評価するよ。損をする必要はないんじゃないかい。明日は1日オフにするから、髪の毛を黒くしてこようや。練習もこの3日間やったような練習をするから、やる気のある子は来てくれ」

マネージャーからはオフ明けにウェイトトレーニングの予定が入っていると聞いていました。それも朝です。松戸にある妻の実家の近くにアパートを借りていましたから、東海大学までは3時間かかります。始発に乗って、朝のウェイトトレーニングを見に来ました。35人の部員のうち、来ていたのはわずか5人です。

午後の練習からはもう少し増えました。髪の毛を黒くしている子もいれば、まだ紅葉したままの子もいます。そのときはあえて髪の色については触れません。おお、やる気があって、練習に来てくれたんだな、とだけ言いました。

練習を一通り終えて、言います。

「自分の髪が赤いと思う者」

「はい」

「今朝、ウェイトに来なかった者」

「はい」

「サイドランに並んで」

怒りはしません。セブンティーンです。CSULAでアシスタントコーチたちも走らされたあのメニューを何本かやりました。4本くらいやったのかな。ニコニコしながら「はい、もう一本」。「はい、もう一本」。「はい、もう一本」。「よし、おわり」。

そして全員でハドルを組みます。東海大学は今もそうですが、練習が終わると4年生が一言、必ずしゃべります。そのときも4年生が一言ずつしゃべったら、髪の毛の色が一番茶色い子が「今日、髪の毛が赤いって言われたヤツ、黒くして来ような」と言ったのです。福井威彦です。

これはいい子を見つけたと思って、解散したときに福井を呼んで、言いました。

「おまえさ、茶髪担当委員長な」

「なんすか、それ？」

「いや、これから茶髪のヤツが出てきたら、おまえがセブンティーンを走るんだ」

「ええ、待ってくださいよ」

「でもおまえ、さっき言ったじゃん。『赤いと言われたヤツは黒くして来ような』って。だから委員長な」

実際、彼が黒くすると、みんなも黒くしてくるのです。真っ黒。ただ、茶髪の上から染めているだけだから、1か月くらい経つと落ちてくるのです。

「おい、福井。おまえ、そろそろ走りたいの？」

「え、どうしてですか？」

「いや、あいつの髪、色が落ちてきてるぞ。あいつ、自分の頭を鏡で見てきているのかな。（色の落ちてきた）おまえが許されているから、あいつらも許されていると思っているんじゃない？」

「いや、ちょっと待ってください。今、お金がないんです」

「いつまで待てばいい？」

「1週間待ってください」

「わかった。待つよ」

次の練習で福井の髪の毛が異様なほどの黒さです。どうした？　と聞いたら、市販の白髪染めを使ったら、自分でも驚くほどの黒さになったというのです。大爆笑。今の東海大学にそうした髪色の選手はいませんが、最初はそんなやりとりから始まっています。

そういうときに私は怒ったりはしません。でも卒業したあとで聞くと「怖かった」と言います。すごい集中力だったと。すごい集中力で練習をしているし、何かあれば「はい、サイドラインに並んで」です。彼らの経験したことがない凄みみたいなものが出ていたのかもしれません。

福井の同期にめちゃくちゃ能力の高い子がいました。吉原正道です。180㎝くらいですが、3ポイントシュートも打てて、ダンクもできるような子です。でも練習ではいつも、てれんこてれんこ、緩いプレーをします。ダッシュと言っても、てれんこ走る。当然、「はい、もう一本！」となります。すると、私のほうをキッと睨むのです。

「いいね、その目。その目でバスケットをやろう」

結局、その年は2部でリーグ戦5位まで行きました。

福井も183㎝くらいあって、彼らがもう一学年下だったら、2人とも実業団、今でいうBリーグに行ってもおかしくなかったと思います。それくらい能力が高かったです。茶髪時代にAチームとBチームを行ったり来たりして、真剣にバスケットに打ち込めていなかったから……もったいなかったなと、今でも思います。

開き直って25得点

福井については、もうひとつ、おもしろい話があります。

私が現役を引退した後に「七夕カップ」という大会がありました。小野秀二さんや池内泰明さんら、私も含めて、実業団を引退した選手たちが大学生を相手にゲームをするのです。

そこに初めて東海大学の選手を連れていきました。実業団のOBチームと現役学生のピックアップゲームです。その中に筑波大学キャプテンの野田洋嗣くんという、すごくガッツのある、いい選手がいたのです。そこで、福井と仲良くなりました。

当時の筑波大学は2部に落ちてきていたので、秋のリーグ戦でも対戦します。七夕カップ終了後、「リーグ戦では絶対負けないからな」とバチバチのライバル関係になりました。仲が悪いわけではありません。実際、七夕カップの打ち上げでは一緒にお酒を飲んでいましたから。

その日以来、福井が目の色を変えてシューティングを始めるのです。一人で体育館に来て、黙々と打ち込んでいる。

秋のリーグ戦が始まりました。初戦は早稲田大学です。当時は同じチームとの連戦でした。2戦目こそ、センターのアクシデントもあって離されましたが、初戦は2点差です。負けたとはいえ、3部から上がってきたばかりの東海大学としては健闘したといっていい。ただエースの福井は2点とか、4点しか取れていない。電話がかかってきます。

「コーチ、シュートが入りません。どうしたらいいですか?」

「大丈夫。おまえは誰よりもシューティングをしてたじゃないか。自分を信じろ」

翌週は筑波大学との試合です。初戦は前半から4年生がまったくダメ。筑波大学という名前にビビってしまって、前半で20点の差をつけられてしまった。後半も立て直せそうにないから、入野たち1年生を使いました。当時の彼らは怖い者なしの、狂犬みたいな選手たちですから、筑波大学にも噛みついていきます。結果的には負けるのですが、後半だけで見れば、同点です。

しかも1年生たちの頑張りで筑波大学は主力を休めさせられませんでした。次の日の朝、また福井から電話がかかってきます。どうしたらいいかと。

「もう開き直れ。気にすることはない。打っていったらいいだけだよ」

そうしたら25得点をあげるのです。試合も大接戦。最後に筑波大学の柏倉秀徳くんから若月徹くんへのロングパス、レイアップシュートを決められて、4点差で負けましたが、その筑波大学がインカレでベスト4まで勝ち進むのです。あの接戦は東海大学にとって大きな経験になりました。

福井も自信を持ってきて、4連敗ののちに勝ち始めます。それ以降、福井からは電話がかかってきません(笑)。そして、それまで10年近く勝てていなかった慶応義塾大学にも勝ちました。当時の慶応義塾大学はフレックスオフェンスを使っていたのですが、アメリカで散々スカウティングをやってきているわけです。フレックスをどう守るか、徹底的に準備をしました。それが奏功して前半で20点近いリードを得ます。

後半は、慶応義塾大学の志村雄彦くんたちが力を発揮し始めて、追い上げられますが、2点差で逃げ切りました。当時は女子マネージャーがいたのですが、彼女も泣くわ、選手たちも大喜びです。あの試合はおもしろかった。

その後、当時強かった上武大学とも対戦して、これまた大接戦です。残り何秒かでタイムアウトを取って、バックドアプレーを指示しました。プレー再開。ディフェンスをかわして、パスもうまく出しました。受けたのは吉原です。レイアップシュート――。いまだに集まると、吉原はみんなから言われます。「あれを落とすから」。このエピソードは一生、私と彼らのお酒の肴になると思います。

ヤジのダイブ

私にとっての1期生は、いわばコーチとしての原点ですから、思い入れは深いのかもしれません。

鈴木健太郎（キャプテン）、福井、吉原らが4年にいて、ガードに島田高広と島文貴、センターの野口直人が2年生。島は30代で黒田電気の最年少部長になりました。野口は建築学科を首席で卒業して、今は東海大学の建築都市学部建築学科で講師をしています。3年生には勝又英樹、中根啓樹、吉澤幸佐らがいて、吉澤は工学部経営工学科を卒業後、松下電器で社長秘書まで務めました。今は関連会社の経営幹部をしています。

その年の1年生は入野以外にも、黒田電気で現在もプレーしている吉留将平、つくば秀英高校（茨城）の稲葉弘法、東海大学付属相模高校（神奈川）の原田政和、福岡第一高校の今井康輔など、吉留以外は今も高校バスケット界で指導者として頑張っています。

当時はヘッドコーチとして駆け出しですから、失敗もします。デイブさんから教わったルーズボールのドリルをやっていたときです。東海大学に来て、1か月くらい経ったころだったと思います。選手たちも慣れてきたところだったのでしょう。ボールを転がして、選手にダイブさせていたら、周りで見ていた4年生が世間話をしていた。

床にボールを思い切り叩きつけて、怒鳴ったのです。

「仲間が痛い思いをして練習をしているとき、世間話をしているやつがあるか！」

選手たちが100メートルくらい引きました。……100メートルというのは大げさかもしれません。でも「100メートル」と書きたくなるくらい、選手たちの気持ちが一斉にサーッと引いたのです。

集めました。

「いいかい、絶対に仲間を見殺しにしてはいけないんだ」

それが我々の掲げるビッグファミリーです。

練習を再開しました。このルーズボールドリルはディフェンスがボールを追いかけるのですが、東海大学第三高校出身の矢島光一が、オフェンスなのにディフェンスよりも先に走って、ダイブしてボールを取ってしまった。大爆笑。先ほどまでの空気が一転し、選手だけでなく、私まで大爆笑をしてしまった。そして、もう一度選手たちを集めて、伝えました。

「いいかい、ヤジ（矢島）のこの気持ちだ。この気持ちを大事にしよう。ただな、ヤジ、本来はおまえがダイブしなくてもいい練習なんだからな」

そこでまた大爆笑。一気に雰囲気がよくなりました。私自身も、選手たちにたくさん助けられて、今があるのです。

怒らない指導

ボールを叩きつけて、怒鳴った、と書いておきながら、矛盾した話をします。私は基本的に怒る指導はしません。デイブさんから「選手は人間。マシーンではない」という教えも受けていますし、自分自身の経験からもそれが実を結ばないこともわかっています。ただ、譲れないことはあります。

先ほども書いたとおり、仲間が苦しい思いをしているときに、それを見捨てるようなことをしたら、厳しいことも言います。言い訳じみた表現ですが、少なくともそれは私のなかで怒りではない。「バカ野郎」とか「この野郎」みたいなことは一切言いません。

「絶対にそういうことはやっちゃいけない。我々は何のためにバスケットをやっているの？　今の練習で自分たちが立てた目標は達成できるの？　どう思う？」

そう言っているときが、選手たちにとって「あ、リクさんが怒っている」と感じるときだと思います。わかってくれているのです。

何のために、何をするのか。うまくなりたいのであれば、自分のベストを出し続けなければいけません。「それをしてる？　あなたはどこに行きたいの？」。そういう話は山ほどしてきました。

東海大学に来てすぐのころは、それをなかなか理解してもらえませんでした。いや、理解しようとしていたのかもしれませんが、それまでの習慣は簡単に変えられるものではありません。

それでも言い続けました。

「自分の行きたいところに連れていくのは自分だよ。俺じゃないよ」

それが成果として現れ始めると「あ、コーチの言葉を信じてよかったんだ」という思いが芽生えてきます。

そういうときはうまくいくものです。

うまくいかないことも山ほどあります。そういうときは信頼関係がギスギスしたり、チームもうまくいかなくなります。そのときもまた「そこで何をするの？」と聞いて、みんなに言わせるようにしています。

2011年だったと思います。チームがうまく進んでいなかったので、体育館の準備室にAチームの全員を入れて、私に対してでもいいし、練習に対してでもいいから、思ったことを言いなさいと言ったことがあります。するとと彼らは「練習はこうじゃないですか?」など、私の胸にグサグサ刺さるようなことを平気で言ってくるのです。そうか、そう考えていたのか。そう思って、全員が言い終えた後に言いました。

「よし、わかった。それを全部改善できるかわからないけど、みんなの気持ちを今日初めてわかったところもあるから、コーチたちもまた考えるし、努力をするよ」

そしてこう続けました。

「よし、じゃあ、今度はチームが勝つために、自分は何をするのかを言ってくれよ」

それまでの彼らは自分の思っていることばかりを言っていました。今度はチームのために自分が何をするのかを問いました。みんな、いいことを言ってくれました。

私がここでしたかったのは、思いをすべて吐き出した後、彼らがそれぞれに持つ、いい考えで、ネガティブな思いに蓋をしたかったのです。「よし、今言ったことをやっていこうな」。そうして練習に入っていきました。

相手が学生とはいえ、私も人間ですから彼らの厳しい言葉は胸に刺さります。当初はまともに受けすぎて、苦しかったですが、そのかわし方も24年経てばだいぶ覚えたと思います。

それでも、繰り返しになりますが、自分の思っていることをすべて言ったのだから、次はこのチームのために何かできるかを考える。それを口にすることで、お互いの考えはクリアになっていきます。よし、自分の言ったことをやろうな。はい、やりましょう。練習がよくなっていきます。やはり練習がすべてです。

過ぎたるは猶及ばざるが如し

人の心をまとめていく作業はＮＫＫ時代に学びました。ＮＫＫの話はあとの章に譲りますが、すべてが順調だったわけではありません。さまざまな監督やコーチがいたので、不平不満のたまった選手たちが酒の席で監督やコーチに対する陰口ばかりを叩くわけです。それを聞きながら「陰でそんなことをグチグチ言ってんじゃねぇよ。言いたいことあったら直接言ってこい」と思っていたのです。

私自身は陰口などいっさい叩きません。コーチだろうが、誰だろうが、おかしいと思ったら、すぐに面と向かって言いますから。でも、それをできない人もいます。むしろ、そういう人たちのほうが多いのかもしれません。だから、まずは言わせることが大事なのかなと。学生にも、まずは言いたいことを言わせよう。

その矛先が私に向けばグサグサと刺さることもありますが、一方で「おお、こいつがこんなことを言うんだ」と驚くこともあります。「おお、よく言ったなぁ」とうれしくなることもあります。おもしろいものです。

今でこそＢリーグ入りを目指す、向上心の高い子が増えてきています。吉原のように睨み返すような子はほとんどいなくなりました。グサグサ刺さる言葉を投げつける選手もほとんどいません。

それが今の時代だと言えばそれまでですが、それはそれで問題ありだと思います。真面目すぎてもダメです。「過ぎたるは猶及ばざるが如し」で、楽しさがなくなってしまう。真面目すぎるがゆえにチーム内がギスギスする可能性もあります。遊びがないというか、どこかで疲弊していってしまう。

そのときによく使うのは「三褒め」です。選手たちは若さも手伝って、自分には能力があって、誰にも負けないと思っているから、東海大学に来ています。そんな彼らにペアを組ませて「お互いに相手のいいところを3つ、プレーでもなんでもいいから、褒めてやって」と言うのです。これは効きます。

みんなが笑顔になって、よりよいチームになる。デイブさんが言ったとおり、ハードな練習をしたら、ユーモアの部分、笑えるような楽しさも思い出させてあげないと、選手も成長はしていきません。彼らは人間なのです。

勘違いから一転

2年目は吉澤がキャプテン、中根が副キャプテンです。春のトーナメントで初めて1部の大学を破って、ベスト4まで勝ち進みました。2部のチームが1部のチームを倒して、準決勝に進んだのです。準々決勝を勝ち抜いた瞬間はまるで優勝したかのような大騒ぎでした。

準決勝は拓殖大学に2点差で負けました。3位決定戦も、網野友雄くんや山田大治くんたちのいる日本大学に6点差か8点差くらいで負けました。でも本当によく頑張ったと思います。よし、このまま秋のリーグ戦に向かっていこう。

気合十分で臨んだリーグ戦。初戦は東京農業大学です。当時、東京農業大学には2部の得点王、リバウンド王、アシスト王がいました。そのチームに120－60くらいで快勝するのです。よし今年こそ、2部で優勝だ。

そんなことを思っていた翌日。選手たちも、私自身も勘違いをしてしまって、かっこつけたプレーをしてしまった。快勝から一転、接戦です。そうなれば能力の差が出てきます。相手には得点、リバウンド、アシストの各部門でトップの選手がいるわけですから、3点差で負けてしまいました。そこからガタガタと崩れていって7連敗。周囲からも「東海はまた3部落ちだ」と言われ始めていました。

そのときにＮＫＫの課長研修で聞いた「スピリッツ・オブ・デルタ」の話をしたのです。駒沢の屋内競技場――といっても２０１７年にリニューアルされる前の、体育館内に鳩が飛んでいるような古い体育館のスタンド裏に、ちょっとした廊下がありました。そこに選手を集めて、話をしました。内容はこういうものです。

今から50年近く前の話です。アメリカの航空会社・デルタ航空は当時、自社の飛行機を持っていませんでした。レンタル飛行機を飛ばしているだけの小さな会社だったのです。折も折、オイルショックも起こって、融資が受けられなくなってしまった。会社がつぶれてしまう。社長は幹部社員を集めて、言いました。「申し訳ない。1か月後に会社はつぶれるから、社員のみんなに次の職を探すように伝えてくれ」

集められた幹部社員のうち、スチュワーデス部門、現在で言えばキャビンアテンダント部門の長だった女性が「私のせいです」と切り出します。

「私がもっと接客サービスをよくしていれば、後輩たちはこんなことにならなかった」

それを聞いた設備部門の長が「俺たちも、もっとコストダウンができたんじゃないか」と言い、営業部門のトップも「我々もセールス面で何かできたんじゃないか」。それぞれが自分にベクトルを向けて、話をしたのです。そうはいっても、どうにかなるものではありません。社長は感謝を示しながらも、「それでもやはり融資を受けるのは無理だから、部下たちに伝えてくれ」と言います。

部長たちはそれぞれのオフィスに戻って、部下に伝えました。そのとき社長の話だけでなく、キャビンアテンダントの部長が自らにベクトルを向けて、こんなことも話していたと伝えたら、社員たちからも自らにベクトルを向けた発言や意見が出てきたそうです。これをやりましょう、こうしましょう。

1か月後、部長たちが「社長、格納庫に来てください」と言うと、そこには中古の飛行機が一機、ありました。社員全員でローンを組んで買ったというのです。「この飛行機を未来永劫、飛ばしましょう」。飛行機のボディには「スピリッツ・オブ・デルタ」と書かれてあったそうです。つまりはその飛行機こそが「デルタ航空の精神」であるというわけです。

その話を選手たちにして、言いました。

「俺もさ、練習メニューや選手交代などについて、もう一度、自分に矢印を向けてみるよ。だけど、みんなもさ、ターンオーバーを減らすとか、フリースローを1本でも多く決める努力をしようよ。試合に出られなくて、文句を言っているヤツはさ、応援したり、試合に出られるよう自主練をしたりさ、みんなももう一回、自分にベクトルを向けて、やってみようよ」

その週は締まった、素晴らしい練習ができました。そこから這い上がっていくのです。7連勝して、結局9勝9敗で5位。インカレにも出場できました。

NKKのときにしっかり聞いておいてよかった。それを聞いていなければ、3部に降格していたでしょう。この話はバスケット部の子たちだけでなく、授業でもよく話しています。自分にベクトルを向ける。人のせいにしない。そこから東海大学は徐々に勝ち上がっていくのです。

すべてが順風満帆というわけではありませんが、その年、最高のリクルートができました。竹内譲次、石崎巧、内海慎吾、井上聡人、阿部佑宇――2002年度のU18男子日本代表の中心選手が5人、東海大学に来てくれることになったのです。

ただ、思えば、彼らとの最初の2年間が一番しんどかったかもしれません。

日高先生の一言で

彼らの4年間を語っていく前に、（竹内）譲次や石崎ら、U18日本代表の主力がなぜ、当時、関東2部だった東海大学に来たのかを記しておきたいと思います。

彼らは1部でも十分に通用する選手たちです。東海大学のオファーを断ることもできたはずです。それどころか、私自身も彼らをリクルートするのは難しいだろうなと思っていたのです。

キーマンは日高哲朗先生です。日高先生は当時、2部に落ちていた筑波大学を指揮していました。日高先生は小野秀二さん――筑波大学の卒業生――とも仲が良くて、その小野さんを通じて、私も仲良くさせてもらっていたのです。

小野さんは今も「シューズキャンプ」と呼ばれるキャンプを年に1回開いていますが、そこで日高先生とリクルートの話になりました。私としては譲次たちが欲しい。でも東海大学は2部だから……と漏らしたときに、日高先生が言うのです。

「いや、陸ちゃん、それは違うよ。リクルートっていうのは、自分が欲しいと思った選手に声をかけるんだよ」

腑に落ちました。そうだよな、駄目で元々だよな。そう思って、彼らに声をかけに行ったのです。洛南（京都）、北陸（福井）、県立能代工業（秋田）、八王子（現・八王子学園八王子〈東京〉）、東海大学第四（現・東海大学附属札幌〈北海道〉）……すべて行きました。

最初に東海大学に決めてくれたのは石崎です。彼にはこう言いました。「あなたをポイントガードにしたい。ビッグガードをやりなさい。あなたはそういう器だと思う。東海に来たら、ポイントガードをやってもらいたい」。

ダメ元で「インターハイ前に返事をくれませんか？」とお願いしたら、私の自宅に連絡があったようです。

妻がそれを受けて、連絡をくれました。といっても、私は授業中だったので、木村真人コーチを通じて、知らされます。驚きました。

（阿部）佑宇は付属校なのですが、当初は違う大学へという話もあったそうです。そのときに東海大学の体育学部長だった佐藤宣践（のぶゆき）先生が北海道出身だったこともあって、高校の先生に話をつけてくださいました。

実はこの佐藤先生も、いや、佐藤先生こそが日高先生以上に重要な存在なのですが、それは後に譲ります。

そうやって、どんどん決まっていきます。

譲次のところには何度足を運んだことか。洛南高校だけではありません。舞鶴だったかな、京都の日本海側にある街で新人戦があるというので、それも見に行きました。大学関係者は私だけです。

そうしたら、インターハイを終えた8月だったと思います。譲次がお父さんと一緒に東海大学を見学に来てくれました。私の知らないところで、です。気づいたときにはすでに練習に入っていたので、あいさつにも行けません。練習後に行くと、お父さんはいますが、譲次がいない。練習後のトレーニングを見に行ったと言うのです。お父さんと一緒にトレーニングルームに行ったら、譲次がワイシャツのまま、トレーニングコーチに教わっていました。それくらいトレーニングに興味を持っていたそうです。

家族と洛南の先生のなかでは、双子の兄・公輔くんと譲次の行く先はそれぞれ決まっていたようです。でも譲次が「どうしても東海大学に行きたい」と言うので、見学に来たと言うのです。そしてお父さんが練習を見て、「どうぞ煮るなり焼くなり好きにしてください」。譲次も決まりました。

注目するのはプレーのインパクト

リクルートの話が出たので、私が高校生をリクルートするときのポイントを明かしておきましょう。

まずはプレーのインパクトがあります。話はうんと飛びますが、たとえば2024年に入学してきた赤間賢人はすごいインパクトがありました。欲しい。その同学年に佐藤友がいます。彼もプレーのインパクトがありましたし、彼自身も「東海大に行きたい」と言っていたそうです。

加えて、最近はYouTubeでも高校生たちのいろんな試合が見られます。ましてや友がいたのは東山高校（京都）ですから、いろんな人が公開してくださる。それを見ていたら、たまたまでしょう、審判の判定に不服だったのか、必要以上のアピールをして、ディフェンスに戻らないときがありました

アシスタントコーチの入野と話して、「これではダメだな」と言うと、入野が「じゃ、僕が東山に行ってきます」。そこでしっかり諭してくれたのだと思います。その後のプレーぶりは、それまで以上にインパクトのあるもので、どんなときでもディフェンスへの戻りが懸命になっていました。

私はそうしたところを見ているのですが、一方で現役学生の影響力も大きいと言わざるを得ません。最も大きかったのが、やはり石崎たちの代です。彼らと一緒にプレーしてみたい、と思うようです。

ただ彼らがいるということは、その間、下級生たちはなかなか試合に出られません。そのことは当時も伝えていたのですが、それでも縁があって、来てくれる子たちはいました。

小林慎太郎、西村文男、古川孝敏……古川は、関西でこそ知られていましたが、関東ではまだ誰も知らない存在です。それでも御影工業高校（現・神戸市立科学技術高校〈兵庫〉）の加藤明宏先生が「関東の大学でやれそうなやつがいるんです」と連絡をくださいました。ビデオを送ってもらったら、プルプルしてプレーして

いる姿にインパクトを感じました。おもしろそうだなと思って、石崎たちが3年生のときに一度練習に来てもらったのです。のびのびとプレーしていて、大学生のなかに入っても遜色がない。こいつは使えると思って、無名でしたが、獲ることに決めました。

実際、古川はガッツのある選手で、どんどん力をつけていきます。彼らが2年生のときは新人戦で優勝しています。あれほど注目されていた石崎たちの代でもなし得なかったことを、古川たちは成し遂げているのです。

縁といえば縁ですが、そうしたガッツのある選手も注目しているのかもしれません。ガッツのある選手は、それを持ち続けている限り、成長していきます。チームの力にもなります。それを示してくれたのが古川でした。

ファブ・ファイブ

1990年代の初頭、アメリカのミシガン大学男子バスケットボール部が1年生5人をスタメンにして、NCAAトーナメントのファイナルまで勝ち上がります。その1年生は「ファブ・ファイブ（驚異の5人）」と呼ばれていました。2003年4月に東海大学に入学してきた譲次たちもまた、それに勝るとも劣らない「ファブ・ファイブ」です。

ただ当時の彼らは若さゆえに、とにかく生意気でした。言うことも聞きやしない。先輩たちにも挨拶をしないし、わがまま放題です。

上級生からも「こんなんでいいんですか、コーチ？」と言われたので、部員全員を集めました。「言いたいことをすべて言い合おう」。面と向かうと遠慮をするのか、後々のことも考えるのか、すぐには切り出せません。

第2章 ビッグファミリー

「いや、いいんだ。今日はみんなが言いたいことを言おう」

　上級生たちが1年生たちに思っていることをぶつけたら、石崎が返します。「先輩たちはそう言っていますけど、誰か自主練をしてますか?」。一瞬で静かになりました。痛いところを突かれたのでしょう。

　すると早く練習をしたくて仕方がない譲次が「みなさん、もうこれだけ言いたいことを言ったんだから、練習しましょうよ」。収集つかなくなりました。

　そうなると上級生の矛先が私に向きます。コーチがこうだからダメなんだ、と言うわけです。言いたいことを言おうと言ったのですから、私への注文も出てきておかしくありません。それを聞いていました。

　そうしたら井上が「みなさん。リクさんのことをそんな悪く言っていますけど、僕はリクさんがそんなに悪い人だとは思いません」。俺はとうとう井上にフォローされるようになったのか……。高校生のときから知っている子なので、自嘲気味にそう思ってしまいました。

　それで終わり。本当に理解し合えたのかどうかはわかりませんが、井上のフォローで、よし、やるか、という

阿部佑宇　内海慎吾　井上聡人　（写真左から）

空気になったのです。

そこから結果がついてくるようになります。といっても、「ついてない結果」です。

新人戦で初めて決勝戦まで行きました。残り2秒まで勝っています。素直にパスをすればいいのに、それをしないでスティールされて、逆転負け。そういう試合が続くのです。勝てない。その秋、関東大学リーグの2部では優勝するのですが、入れ替え戦で法政大学に負けました。

同じ2部で2位だった慶応義塾大学は入れ替え戦で勝って、1部に昇格します。慶応義塾大学には譲次の双子の兄、公輔くんがいます。

譲次としては、なおさら悔しい。自分は2部に残ることになったのに、公輔くんはその先を行くわけですから。しかしながら、その悔しさがその後の譲次や、東海大学にはよかったのかもしれません。

翌年、このままじゃダメだと思って、ランメニューや1対1のドリルを増やしました。もちろん東海大学はデイブさんから教わったディフェンスがベースにあります。そのうえで走ったり、1対1を磨いたり、トレーニングを増やしたのです。新潟

2003年入部してきた"驚異の5人"。竹内譲次　石崎巧

で夏のキャンプをしたときは、「どれだけ走るんだ……」と、いまだに言われるほど、走りました。

その年は入野が4年生で、キャプテンです。結果として2部で優勝し、入れ替え戦にも勝って、1部昇格を決めました。入野が高校3年生だったとき、周りの大学生たちが笑っているなかで、彼だけが信じていた目標のひとつを、彼が在学中に成し遂げたのです。

そうして翌2005年、西堂雅彦がキャプテンになり、春のトーナメントと、初めて臨む1部での秋のリーグ戦で準優勝、インカレで初優勝を遂げます。

チャンピオンの山に登るには

譲次や石崎たちを「生意気」と書きましたが、実際のところ、彼らは純粋なまでにバスケットが好きなのです。うまくなりたい。すごくなりたい。石崎が言ったように、自分がうまくなるためには自主練習も主体的におこないます。上級生たちは彼らほどやっていません。一方で、彼らは先輩に対して気を遣えるような子でもなかった。だから彼らが1年生のときは衝突しかけたこともあったのです。

その翌年、最上級生になった入野は彼らの話をきちんと聞いていたし、原田は井上に「もっと野菜を食え」などと叱ったり、いろんなコミュニケーションを取っていました。そういう意味では入野たちの代には頭が下がる思いです。

むろん前年の4年生の言い分もわからなくはありません。どちらも合っているし、どちらも間違っています。選手としては自主練習をすべきだし、でも人としては挨拶をすべきです。どちらも大事。だから私は真ん中にいようとしていました。

デイブさんの言葉ではありませんが、自主練習は技術の山です。挨拶は心の山。当時はそれぞれが一方の山ばかりを登っていました。その両方をみんなで登らなければ、チャンピオンの山は見えてこない。だから1年目は2部でこそ優勝しましたが、入れ替え戦で負けるという憂き目を見たのだと思います。

入野たちが4年生になって、それではダメだと、両方の視点で下級生たちに話してくれて、育ててくれました。それが結果としてチームを1部昇格に導いて、次の年にチャンピオンの山を駆け登ることにつながっていくのです。

東海大学5年目

西堂がキャプテンを務めた年は、現在福岡第一高校でアシスタントコーチをしている原田裕作と池田雄一もいました。池田は今もBリーグの新潟アルビレックスBBでプレーをしています。

第2章

ビッグファミリー

2005年、青山学院に勝利し、創部以来の悲願でもあったインカレ優勝を達成

インカレの準々決勝は慶応義塾大学が相手でした。チームとしては全然よくないのですが、雄一が孤軍奮闘してくれて、第3クォーターが終わるところで24得点。リードをされてはいますが、ビハインドは4点です。

しかしそこで雄一が足を骨折してしまいます。当然、試合には出られません。代わって出たのが内海です。ルーズボールになりました。最初に飛び込んだのは石崎だったか、西堂だったか。最後に内海もダイブしてボールに飛びつきます。結果的には相手ボールになるのですが、その瞬間に「勝った」と思いました。まだ負けていて、好調だった池田をケガで失う状況でありながら、選手たちは東海大学らしいルーズボールを見せてくれたのです。そこから大逆転です。

準決勝の相手は専修大学でした。今度は逆に10数点リードして、終盤に入ります。石崎と譲次が疲れている。ベンチに下げました。

そこから急に専修大学のシュートが当たり出すの

です。最後に3ポイントシュートを決められて、逆転された――。そう思っていたら、3ポイントラインを踏んでいたのです。西堂がそれを見ていて、「ライン、ライン！」。アピールをしたら、審判もそれをしっかり見ていて、2ポイントシュートになった。同点。延長戦です。延長戦は、池田に代わった内海のシュートが当たって、専修大学を振り切りました。

東海大学として初めてのインカレ決勝戦は青山学院大学が相手です。ここは少し点差が離れました。立ち上がりから譲次が「コースト・トゥ・コースト」を2本決めて、石崎も30点前後取りました。いつもであれば池田にパスをする石崎が、池田がいないということで自ら攻めていた。わかりやすいのです。当たっている選手がいれば、その選手に徹底してボールを集めます。そういう選手がいなくて、自分のほうが得点の確率が高いと思えば、自分で攻める。本当に賢い子たちです。

そのときに思いました。私は40歳手前でコーチになっています。周囲の人たちと比較すれば一番遅い。日本代表の先輩方を見ても、小野秀二さんも、内海知秀さんも、30歳くらいで現役を引退して、コーチの道に進んでいます。瀬戸孝幸さんや池内泰明さんもそう。

そんな周回遅れの私にバスケットの神様が「ここで一気に学べ」と譲次たち5人を預けてくれたのではないか。彼らのようなわがまま放題の子たちを1つにまとめるにはどうしたらいいかを学べ。わがままといっても、好き勝手にプレーしているわけではありません。本当にポテンシャルがあり、バスケットに対する真面目さもあり、意志をしっかり持っている。そういう子たちをどう束ねるか。他の子たちの気持ちをどう理解させるか。いい勉強になりました。彼らとの4年間があったからこそ、その後、どんな子が来ても平気でした。

彼らほどのインパクトはありませんが、個性派が集まったという点で言えば、大倉颯太の代も個性的でした。大倉、八村阿蓮、佐土原遼、坂本聖芽、伊藤領――本当に個性豊かな連中でしたが、譲次たちの経験がありましたから、どうってこともありません。とにかく会話をしました。話して、聞いて、しゃべらせました。

知らないことは聞けばいい

話の流れで、私なりの指導論をひとつ記しましょう。私はコーチとして「聞く」という作業が一番大事だと思っています。

「キミはどう思うの？　思ったことを言いな」

颯太なんてプレーについてポンポン言ってきました。チームに合っていると思えば、それを採用したこともあります。相手が学生であっても、話を聞いて、実際にやってみて、よいと思えば、うまく使えばいいのです。

もちろん逆もありました。彼はやってみたい。でも「颯太、これはちょっとここが甘くなるから、やめようか」。平気でそう返します。そこでまた颯太は考える。颯太だけではなく、考えたアイデアはみんなに聞きます。

譲次や石崎たちのときは、今ほどインターネットが一般的ではありません。YouTubeなど外部からの情報もたくさん入るわけではないから、自分が体験した経験のなかで考えるしかありませんでした。

今は手元のスマートフォンを見れば、NBAがあり、ユーロリーグがあり、バスケットの知識が山ほどあります。私よりもいいバスケットを見ているから、学生コーチが「コーチ、こういうのがありますよ」と見せてくれたら、「おお、いいね。やってみようか」。

ユーロリーグ好きな学生コーチがいるときは「ねぇ、こういうとき、ヨーロッパではどうやって守っているの？」と聞きます。すると「こういうのがありますよ」と言って、映像をバーッと出してくれます。いいですね。

あとで記しますが、NKK時代に学んだ、知らないことがあれば知っている人に聞けばいい。年齢は関係ない。それこそが成功の哲学です。「俺はコーチだから」なんていう変なプライドは不要です。

そう考えるとみんな一緒です。学生も、社会人も、人はみんな一緒なのです。

ファブ・ファイブのラストイヤー

話を譲次たちの代に戻せば、1年生の頃に自分たちの思ったことをズケズケ言っていた彼らは、4年になってもあまり大きく変わりません。

特に石崎は、普段は寡黙なのですが、クレバーな子だから、これは伝えなければいけないと思ったときには必ず私の部屋に来るのです。「コーチ、こうじゃないですか?」。はっきり言える子でした。

彼らの代になるとき、当然、キャプテンを決める話になります。僕のなかでは石崎がいいなと思っていたのですが、それを察したのでしょう。私の部屋に来て言うのです。

「コーチ、僕はキャプテンをやりません。僕がやるとみんなが僕を頼って、このチームは伸びないと思います」

「そうか。じゃあ、自分たちで決めな」

譲次は、1年生のときこそいましたが、2年生からは日本代表に選出されて、春から秋にかけて不在です。その譲次が「キャプテンは石崎じゃなきゃダメだ」と言い張ります。

Bチームのキャプテンはすぐに決まったのですが、Aチームはなかなか決まらない。4年生だけでずっと話していて、私は一言も言わずにそれを聞いていました。

そうしたら内海が「じゃあ、俺がやる」と言い出しました。その瞬間です。石崎と譲次が「キャプテンって何をやるか、わかってんの？」。内海も自らの意思で手を上げた以上、簡単にはその手を下ろせなかったのでしょう。そこから喧々諤々です。本気でした。

佑宇が「いや、内海がキャプテンで、俺が副キャプテンになってサポートする」。それまで、けっして積極的に前に出てくることのなかった佑宇が初めて「サポートする」と言ったものだから、これでうまくまとまるなと思ったのです。

そうしたら譲次がまた「いや、やっぱり……」と言い出します。日本代表に行かないのであれば、自分がやってもいいと思っていたそうです。でも現実的ではなさそうだったので、託すのであれば石崎しかいない。その思いが消えなかったのでしょう。

そこでようやく私の出番です。「いや、もうみんなで決めたことじゃないか」と諭して、「よし、今年は内海がキャプテン。佑宇が副キャプテン。これで行くぞ。井上、おまえは何もないからな」と、最後にジョークを交えて、終えました。

終えて、一息入れていたら、譲次が私の部屋に来て、「やっぱり石崎じゃなきゃダメです」と言ってきました。おまえなぁ、決まったことじゃないかよ。諭しました。

「いいか、お神輿ってあるだろ？　あれは1トンくらいあって、それをみんなでワッショイ、ワッショイと言いながら担げば軽くなるんだよ。それを『こいつは……』と思って、誰かが担がなかったら、ドーンと落ちるんだぞ。もうみんなで決めたんだから、おまえも担げよ」

譲次が覚えているかどうかはわかりませんが、私は彼にそう言ったことをはっきりと覚えています。ただ、譲次もそれくらいチームに思い入れを持ってくれていました。だから、その後も、いいチームになってきているな、彼らで絶対に勝ちたいと思っていたのです。インカレの決勝戦は大接戦でしたが、優勝できました。

ただ、その年に我々として狙っていたのは天皇杯だったのです。当時はまだBリーグが開幕する前で、現行のような大会方式でもありません。実業団チームの外国籍選手は出場できないルールもありましたから、学生でもチャンスはあります。

交流のあったジョン・パトリックさんからいろんなことを教わりました。ゾーンプレスやゾーンディフェンスも教わって、天皇杯の準々決勝は慶応義塾大学と対戦です。15点差で勝ちました。約1か月前のインカレ決勝では競り合って勝ったのですが、インカレが終われば、我々の焦点は天皇杯に移ります。天皇杯は実業団との勝負になるので、速い展開のバスケットに切り替えるわけです。そのためのランメニューも増えますし、そこにジョン・パトリックさんから教わったゾーンプレスやゾーンディフェンスも加わるので、インカレとはバスケットの内容が異なり、結果も異なってきます。

準決勝の相手はトヨタ自動車でした。前半はリードしていたのですが、後半、石崎がファウルアウトして、そこから追いつけませんでした。76－84。敗れはしましたが、素晴らしいゲームだったと思います。

チームとしても素晴らしく成長しました。心の山と技術の山を、紆余曲折はありましたが、みんなで登り切って、最後にもうひとつ、チャンピオンの山にもチャレンジしたのですから。

おまえら、4年間で何を……

譲次たちのおかげもあって、東海大学が注目され始めます。が、彼らも卒業をします。あとを受けたのが小林慎太郎たちであり、その翌年の西村文男たちです。

慎太郎は最終学年で靭帯を切るし、文男たちが4年生のときも、当時1年生だった満原優樹がインカレの2週間前くらいだったかな、半月板をケガしてしまった。練習試合で、です。当時、留学生を擁した浜松大学が力をつけていました。その浜松大学と筑波大学とで練習試合をさせてもらって、結果は我々が勝ちました。その最後のレイアップで満原が怪我をしてしまったのです。

当時のチームは満原と中濱達也のツインタワーでした。満原はアウトサイドからのシュートも打てるし、それがいいだろうと考えたわけです。その満原がケガをしたことで、ビッグマンが1枚になってしまった。4アウトのモーションオフェンスに替えようとしたのですが、インカレまでは2週間しかない。間に合わなくて、ベスト16で天理大学に負けました。インカレに出始めて、初めてベスト8にも入れませんでした。そういう苦杯も舐めています。

この年——文男が4年生のときはある意味で私自身も監督として失敗しかけた年でもあります。インカレとは前後しますが、秋のリーグ戦のときの話です。Bチームの応援がひどかった。ベンチの前で指揮を執っていても、応援席にいる彼らから応援しようという気持ちがまったく感じられません。

私の研究室にBチームも含めた4年生を全員呼びました。そこでBチームの子に「ああいう態度で応援するのをどう思っているの?」と聞いたら、Bチームの子が言うのです。「いや、だって、俺たち、文男たちと話したことないもん」。

さすがに驚きました。4年生の秋です。3年半もかけて、彼らは関係性を築けていなかったのです。「おまえたち、ここでミーティングをしている場合じゃないよ」と言って、財布から1万円を何枚か抜き出して、「これで飲みに行ってこい」。

そこから仲良くなって、卒業旅行もみんなで一緒に行ったそうです。それはそれでよかったのですが、いやいや、そんなこと、自分たちでやれよ、と思いました。

その結果、リーグ戦は3位に入っています。インカレは仕方がないにしても、私としては「おまえら、4年間、何してんだよ」という思いです。

最近こそ選手たちにその話はしていませんが、やはり仲間は大事です。絶対に大事です。これまでのチームを振り返ってもAとBがしっかりつながっている、特に4年生同士がつながっている代は強いです。2023年の黒川虎徹のときがそうでした。お互いが応援し合うから、結果も出ています。

そういうところに無頓着だった私もいけないのですが、文男たちのときは「飲みに行ってこい」と言われて初めて仲良くなるなんて……ああ、なるほど、そういうこともあるのだなと、失敗したという点ですごく印象に残っています。

記録には残らないが記憶に残る

変化の兆しが現れ始めたのは、その翌年です。前村雄大がキャプテンで、古川孝敏も4年生。前にも書きましたが、彼らが2年生のとき、新人戦で優勝をしています。翌年の新人戦も優勝。連覇です。

連覇を達成した新人戦の決定打は養田達也の「アロハショット」でした。優勝を決めるシュートを決めて、そのままハワイに語学留学したので、その名前がついています。

彼は東海大学付属相模高校の出身で、高校時代も語学留学を経験していました。大学では英文科だったので、もう一度、語学留学をしたい。ただ3年生、4年生になって行かれるとチームづくりが苦しくなるので、せめて2年生のときにしてほしいと周囲から言われていました。その2年生のときの新人戦で優勝を決めて、ハワイへ「アロハ〜」です。

話は逸れましたが、前村たちの代は、下級生を含めてそうしたキャリアを積んでいます。結果として春のトーナメントでは決勝戦まで勝ち進んでいます。4年ぶりのことです。秋のリーグ戦は5位でしたが、インカレは前年を上回るベスト4でした。チームとして少しずつ上向き始めました。

翌年、多嶋朝陽がキャプテンを務めた年に、もうひとつの変化が起こります。アロハショットの養田や、姚天翼らが4年生です。この年は春のトーナメントが5位、新人戦も5位、秋のリーグ戦が3位で、インカレは5位でした。頑張ってはいましたが、成績としてはパッとしません。

でも天皇杯の3回戦で、その時点でＪＢＬ首位を走っていたリンク栃木ブレックスと対戦します。結果的には負けるのですが、延長戦までもつれこみました。そのときはすでに外国籍選手のプレーも認められていましたから、ペイントエリア内では失点するのですが、トランジションで取り返す。ノーガードとまでは言いませんが、殴り合いのバスケットです。

２０１１年1月5日のことです。冬休み期間ですから、多くの一般学生は帰省していて、東海大学の応援は少ない。一方のリンク栃木は多くのファンが駆けつけていました。当然、リンク栃木を応援するのですが、取られてもすぐに取り返すバスケットに、次第に代々木第二体育館が盛り上がっていきます。あの盛り上がりはすごかった。最後は延長の末に１０１－１０８で敗れました。試合後、選手たちに言いました。

「おまえらは、記録には残らないけど、記憶に残るよ」

その年の大学バスケットでの成績は、前記のとおりです。すごく悪いわけでもありませんが、自分たちが求めていた結果でもない。本当によく頑張る子たちだったのですが、数点負けとか、逆転負けなどの悔しい思いがあった。だから天皇杯のリンク栃木戦では、思い切ってやろうぜという雰囲気があったように思います。インカレが終わってから、天皇杯までの練習は相当走り込みました。いろんな戦術も駆使しました。その成果です。

それを経験しているのが1年生の田中大貴です。2年生には狩野祐介がいて、満原が3年生。同じく3年生だった三浦洋平と大貴が3ポイントシュートをバンバン打って、相手がゾーンディフェンスを敷いてきたら、養田がシュートフェイク、シュートフェイク、シュートフェイクで、最後にポチャンと決める。おもしろいゲームでした。

インカレのファイナルからは遠ざかっていましたが、この4年間の頑張りがあったからこそ、東海大学がその後も強くいられたと言ってもいいでしょう。

価値ある準優勝

天皇杯での壮絶なゲームを経験した翌年、三浦がキャプテンで、満原が4年生のとき、久しぶりにインカレの決勝戦まで勝ち進んでいます。

青山学院大学の全盛期のときです。辻直人くんがいて、比江島慎くんがいて、永吉佑也くんと張本天傑くんもいます。そのころはリーグ戦も、インカレも彼らがすべて獲っています。

そんな時代に、三浦たちの代がインカレで決勝戦まで勝ち上がります。相手はもちろん青山学院大学です。道のりは決して楽なものではありませんでした。特に準々決勝進出をかけた明治大学との試合は再々延長までもつれこんでいます。NKK時代のチームメイト、塚本清彦さんがヘッドコーチを務めていて、いい選手もそろっていました。

これも殴り合いのようなゲームです。ディフェンスをベースに置いている東海大学とすれば、そういうゲーム展開にはしたくないのです。しかし当時の明治大学は相当な力がありましたから、そうならざるを得なかった。

4年生だった坂本健がつないでくれて、最後は三浦がブザービーターだったと思います。決まった瞬間に満原が三浦に抱きついて……あんなに興奮する満原を初めて見たと、周りの子たちが言うほどのゲームでした。

その勢いも手伝って、決勝戦まで勝ち進みます。決勝戦も第3クォーターまでは互角の展開でした。ただ、大貴がファウルトラブルに陥ってしまいます。そうなると「比江島ショー」の開演です。11点差で負けました。

悔しかったのでしょう。もちろん私も悔しかった。選手全員を集めたうえで、悔しそうな表情をしている三浦たち4年生に言いました。

「いや、そうじゃないよ。おまえたちがこの見晴らし台、インカレの頂上にみんなを連れてきて、経験させてくれた。だから次があるんだ。やっぱりね、インカレの決勝戦は、その舞台に立たないとわからないものがあるんだよ」

その後、三浦たちの代から数えると6年連続でインカレの決勝戦まで勝ち進んでいます。2017年、佐藤卓磨がキャプテンのときに、準々決勝で専修大学にブザービーターを決められて5位になるのですが、それまではインカレの決勝戦に出続けています。それができたのは、間違いなく2011年のインカレ決勝戦を経験できたからです。

準優勝に終わったものの、5年ぶりのインカレ決勝戦を経験した翌年、サイズが小さくなりました。198㎝の満原が担っていたセンターのポジションは191㎝のザック・バランスキーです。4番ポジションに190㎝の晴山ケビン。3番ポジションに同じく190㎝の大貴。ガードは184㎝の狩野と181㎝の和田直樹です。

春のトーナメントでどこまで勝ち進めるだろうか。青山学院大学は比江島くんも永吉くんも天傑くんも残っていますから、その年も強そうだ。

そう思っていたら、決勝戦まで勝ち進みます。そこで青山学院大学に負けるのですが、そうか、この小さいチームでもやれるんだと思って、秋のリーグ戦で勝負しよう。

しかしその年に大貴が日本代表に選出されます。戻ってきたのは秋のリーグ戦の途中です。かみ合わない。なぜかといえば、大貴自身はアジア選手権でイランなどと戦ってきたから、そのレベルのフィジカルコンタクトで大学生のアタックを止めたら、すべてファウルの判定をされてしまうからです。1クォーターで3つくらいしたときもあります。

その後、大学生であっても日本代表に選出される子はいるのだから、レフェリーの方にもフィジカルコンタクトの基準について、考えてくださいと話はしました。とはいえ、リーグ戦の最中にそうした判定基準が変わるはずもありません。その視点を持ったときに、厳しいと思う判定もありましたが、文句を言ったりはしません。とにかく大貴はそれでファウルトラブルになってしまいます。

東海大学の周りの選手たちは、大貴がいないときこそ一生懸命にやるのですが、大貴が戻ってくると、大貴に頼ってしまうところがありました。だからあまり勝てません。リーグ戦も準優勝。このままだとインカレにも間に合わないかもしれない。そんなふうに思っていました。

そのテコ入れとして、ガードを変える決断をします。狩野に替えて、ベンドラメ礼生にしよう。礼生はトリッキーなプレーをする分、ミスも多いけど、スティールがうまく、起爆剤になります。

一方で狩野はその年のキャプテンであり、チーム随一のシューターです。しかしその年は周りに気を遣うことが多くなり、それまでの狩野であれば思い切り攻める場面でも、どこか躊躇していることが増えていました。だから、その2人を入れ替えよう。

「礼生をスタートにしたい。狩野、バックアップに回ってくれるか」

それを聞いて狩野は不貞腐れます。明らかに怒っている。

私自身にもそうした経験があります。あとにも記しますが、NKKで藤本さんに「阿部（理）を使いたい。リク、バックアップに回ってくれるか？」と言われていますから、狩野の気持ちはわかります。言いました。

「いいかい。一番頼れる選手がベンチから出ていってくれることが、一番、監督冥利に尽きることなんだ」

藤本さんの受け売りです。でも実際に一番頼りになるのが狩野でした。

渋々受け入れてくれますが、彼は負けず嫌いですから、ホワイト（練習で主力チームと対戦するチーム）を束ねて、絶対にブルー（主力チーム）をやっつけるぞ、などと言っているわけです。練習が締まってきます。相乗効果で両方がステップアップする。

よくなってきたなと思ってきたところで、和田が怪我をしてしまうのです。狩野をスタメンに戻しました。練習ではブルーのビブスを着て、ブルーに入ります。そこで狩野らしいなと思うのが、パンツだけは白のままなのです。ホワイトに落とされた悔しさを忘れないようにしていました。

そのままインカレに入って、全5試合の平均失点が50点台。決勝戦の青山学院大学も含めて、シャットアウトしました。

先ほども書いたとおり、青山学院大学は比江島くんを筆頭にタレントが揃っていて、強い。ただ狩野個人にしてみると、比江島くんには思うところがあります。同学年で、狩野が福岡第一高校の3年間、比江島くんは洛南高校でウインターカップを3連覇しています。狩野は2年生と3年生のときに連続で準優勝。比江島くんの壁を乗り越えられていませんでした。

中学時代も、同じ福岡県で対戦して、常に上には比江島くんがいます。大学でもずっと勝てずにいました。だから狩野は「2位の男」と呼ばれていたのです。それを払しょくし、勝つためのチャンスは、このインカレしかない。

大貴も大貴で、同じ時期に比江島くんと日本代表に選出されて、常に比較されていました。彼らのライバル関係を、周囲も含めて、作ってくる。比江島くんを倒すのは彼が4年生のインカレしかありません。

狩野と大貴の意地が2012年のインカレ決勝戦はあったように思います。決勝戦は会心のゲームでした。みんなが集中していて、歴代のベストゲームのひとつだと思っています。

脈々と受け継がれてきたからこそ

翌2013年のインカレも苦しいゲームはありました。準決勝の拓殖大学戦です。本当に危なかった。

拓殖大学の中心は藤井祐眞くんとジュフ・バンバくんです。バンバくんにはザックとケビンをつけていたのですが、守り切れない。ハーフタイムで大貴が「僕がバンバにつきます」と言ってきた。最終的に30数点取られていますが、後半は守り切りました。

それでも試合は残り30秒で負けています。当時はトライアングルオフェンスを使っていて、ドリブルアップというプレーがあるのですが、大貴が礼生のバックカットに2本、パスを通して、礼生が決めて逆転。それで決勝進出を決めたのです。決勝では明治大学に勝利し、インカレを連覇します。

2014年からは3年連続でインカレ準優勝です。馬場雄大くんたちの加わった筑波大学をあと一歩、超えることができなかった。その最後の年、つまり2016年は寺園脩斗がキャプテンを務めます。

その年はもうひとり、伊藤達哉もいました。いずれも170㎝台前半のポイントガードです。リーグ戦までは彼らを入れ替えるように起用していたのですが、インカレは寺園と達哉のツーガードで行こう。サイズこそ小さいですが、抜群の機動力とディフェンス力があります。フルコートでプレッシャーをかけよう。そう考えて、練習をしていました。

なかなかいいわけです。特に達哉は、NBAで大活躍していたデリック・ローズかのように、チーム内では誰も止められなかった。これはいいと思っていた矢先に、達哉が練習中に骨折をしてしまいます。インカレには間に合いません。

そのときチームメイトはバッシュなどに達哉の背番号である「35」と書き込んで、インカレに臨んでいました。結局、決勝戦で負けて、筑波大学に3連覇を許すのですが、彼らの行動はまさに「ビッグファミリー」です。本当に立派な代でした。

名前の挙がっていない選手や、エピソードの書かれていない代の印象が薄いわけではありません。それぞれの代にさまざまなドラマがあります。どの代の、どの選手たちも一人として欠かすことのできない、私にとって大事な〝息子たち〟です。

バスケットボールの結果としても、勝っている代があれば、負けている代もあります。ただ、東海大学の選手たちはどの代も常に必死でした。結果は別として、それぞれに思い出があります。本当に頑張る子たちばかりです。

UCLAを率いた名将、ジョン・ウッデンの言葉にもあるように、みんなが成功者です。ベストを尽くした者はみんな成功者。それをまた次につなげていく。それだけです。

私はコーチになってからずっと、自分のことを「踏み台」でいいと思ってきました。東海大学のバスケットはその後の土台であり、その土台を作っているところですから、跳び箱のロイター板のように、思い切り踏み込んで、高くジャンプしてほしい。東海大学で人としても、選手としても、その考え方やプレーの土台をしっかりと学んで、自分の進みたい道にドーンとジャンプしていけばいい。そう思っているのです。

数多くの卒業生がBリーグでプレーしています。2023年度の4年生はBリーグを希望していた全員がBリーグに進みました。Bチームの選手を含めてです。2024年度の4年生も6人中5人がBリーグに進みます。入れなかった一人も実業団の強豪チームに決まりました。彼らが東海大学で一生懸命努力した成果です。

同時に、彼らの進路を見たとき、はっきりと思うことがあります。

私たちが今、関東大学バスケットボールリーグの1部でプレーできているのは、これまでのOBがいたからです。監督が竹之内保先生の時代に関東大学リーグの6部からスタートして、少しずつ戦う舞台を上げていった。久保正秋先生がそれを引き継ぎ、私がそのバトンを受けた。昨年お亡くなりになられたOB会長の橋本孝徳さん、現OB会長の藤泉裕さんらOB会から応援され、脈々と受け継がれてきたものがあるからこそ、私たちは今、日本一を争うステージに立てているのです。これは選手たちにも話していますが、本当にそう思っています。

2012年、狩野たちがインカレを優勝したとき、日本バスケットボール協会から公式ホームページで掲載したいから、その道のりを書いてほしいとお願いされました。そのとき寄稿した文章のタイトルが「リディーム」です。これはマイケル・ジョーダンがよく使っていた言葉でもあります。

その前年は、前記のとおり、三浦たちがインカレの決勝戦で負けていますから、一般的にはそういうときに「リベンジ」といった表現を使うと思います。私はそれを「リディーム」と表現しました。復讐（リベンジ）ではなく、自らの悔しさを自己回復（リディーム）するのだと。

目の前の勝ち負けだけでなく、それまでに経験した悔しさも、選手たちは持ち合わせているものです。狩野を例に挙げれば、前年のインカレの悔しさもそうですし、前にも書いたとおり、中学生の頃から比江島くんの後塵を拝してきた悔しさもあったはずです。その悔しさを自らの手で回復しようと臨んだ結果が、6年ぶりの優勝だったのです。

その年年で頑張ることはもちろんですが、それまでにチームが培ってきたさまざまな経験や思い、そうしたつながりこそが東海大学を強くしているのだと思っています。

AKTR
TREND
WORLD UNIVERSITY
BASKETBALL SERIES

第3章

東海大学のバスケットスタイル

負けないバスケット

東海大学男子バスケットボール部が一貫してディフェンスを根幹に置いているのには理由があります。ディブさんにそれを教わったということもありますが、私が考えているのは「負けないバスケット」です。相手に得点を決めさせなければ、ルール上「負けない」わけです。

シュートを入れなければ「勝てない」ので、「勝つバスケット」をしようと思えば、オフェンス志向になります。でも「負けないバスケット」をしようと思えば、ディフェンス志向になります。

もう少し具体的に記しましょう。シュートは日によって入るときもあれば、入らないときもあります。どんどん入れば大勝するでしょう。でも入らなければ、負けます。つまりはバスケットが安定しません。

ディフェンス志向の「負けないバスケット」をやっていると、たとえ得点をたくさん取れなくても、1点差で勝つチャンスが生まれます。だからディフェンスを根幹に置いているのです。

私のなかでのベストスコアは「80－60」です。前後半の失点をそれぞれ30点以下にして、トータルで60点以下に抑える。それでいて80点取れたら最高だと思っています。もちろん「トータルで80点」というのは、口で言うほど簡単ではありません。取れないときもあります。

NKKのときがそうでした。私を含めて、オフェンスにポテンシャルがある選手はいません。外国籍のエリック・マッカーサーは毎試合20点近く取るのですが、ほとんどがオフェンスリバウンドからの得点です。私もハイポスト近辺からしか得点が取れません。塚本清彦さんもけっして得点力のあるガードではありませんでした。ただエリックも、塚本さんも、私もディフェンスはできました。というよりも、鍛えられました。だから攻撃力のあるいすゞ自動車や三菱電機などと試合をすると、負けるときでも49－52くらいのスコアです。

そういうゲームをすると、普通は「53点を取れるように練習しよう」と発想しがちです。私たちは違いました。集まって、言うわけです。

「その発想はやめよう。俺たちは49点しか取れないんだから、失点を48点以下にしようぜ」

それが私たちNKKのマインドでした。東海大学でもそれを求めています。実際に得点が40点台、50点台しか取れないときもあります。であれば、相手の得点をそれ以下に抑えればいい。そうすれば負けません。それが「負けないバスケット」です。

「負けないバスケット」は、しかし、学生に受け入れられるのには時間がかかります。学生はどうしても「勝つバスケット」に興味を持つからです。じっくりと説いて、地道な練習を重ねます。そうして勝つ経験をしていくと学年を上がるごとにわかってくれます。

２０２３年のインカレは、どのゲームも残り2分で同点、あるいは接戦でしたが、失点は抑えています。文字どおり1点を争うゲームをしているわけです。それらを勝ちきりました。ディフェンスがしっかりしているからです。

２０２４年のチームは春先におこなわれた神奈川大学主催の「神大カップ」で負けました。しかも大敗です。勘違いをして、レフェリーと戦ってしまったのです。筑波大学の招待試合も負けました。

新1年生は東海大学としての戦い方がわかりません。チームで短いキャンプを張って、春先の課題と、東海大学がどのように戦うのか、フィロソフィーを伝えたり、それを実践する練習をします。

その後、神奈川大学や筑波大学と再び試合をしました。大東文化大学や、東北学院大学、国士舘大学、駒澤大学などとも対戦しました。私の性格上、一度負けた相手には絶対に負けたくないのです。いずれも50点台に抑えて、全部勝ちました。

国士舘大学とのハーフゲームは、残り40秒で4点のビハインド。タイムアウトを取って、3ポイントシュートを打つフォーメーションを指示します。そうしたら、指示した選手とは異なる選手が3ポイントシュートを打って、しかも決めてしまった。それでも狙っていたスコアとしては一緒です。

次はファウルをせずに守りきろう。そうすれば残り時間が10秒ほど余るから、速攻からこういうオフェンスに入ろう。そのとおりになって、逆転しました。

2年生以上になってくると、そうした東海大学の戦い方や勝ち方がわかってきます。そのときも、4年生が言っていました。

「これが東海の勝ちパターンだ」

ジャジーなバスケットを求めて

東海大学のバスケットボールスタイルを語るうえで、私自身が選手として経験してきたことも欠かすことはできません。

詳しいことは後の章に譲りますが、私は日本代表を経験しています。それも大学3年生のときからです。先輩方にはとてもかわいがられました。ただ実力的には日本代表のなかでは一番下手です。経験もありません。ただ勝ちたい気持ちは誰にも負けないつもりでしたから、練習は真面目にやっていたし、一生懸命でした。試合でもシューターの内海知秀さんをノーマークにしようと、スクリーンひとつをとっても必死だったのです。人のためにプレーしていたところはあったかもしれません。

その後、東海大学の監督になるわけですが、おもしろいことに「俺が、俺が」と、前のめりになる子はほとんど来ていません。まったくいないわけではありませんが、どこか、人のためにプレーできる子が多いような気がします。

たとえば石崎たちの代。譲次がいて、内海、阿部、井上と世代のトップクラスが集まりました。秋のリーグ戦で優勝して、そのスタッツを見返したとき、誰一人として平均得点が20点を超えていない。一番多いのが譲次の17～18点です。それ以外の4人と、もうひとりかな、平均得点が2桁でした。アシストは石崎が1位で、譲次が2位。そういうチームは相手チームからすると抑えようがありません。そういうチームが好きなのです。NKKもそんなチームでした。

私自身は、日本体育大学のときですが、リーグの得点王になっています。でもそこにはまったくといっていいほど魅力を感じませんでした。当時からチームが勝つことが一番だったのです。

日本代表のときもそうでしたが、流れを作らなければいけないときはガンガン攻めます。いい流れができて、落ち着いてきたら、新人にやらせる場面を増やしました。

個人の力で戦っているチームでは勝てないと思います。相手からすれば、シフトしてその選手だけを守ればいいからです。そうではなく、みんなでそれぞれのいいところを出し合うチームが強い。

よく「ジャジーなバスケットをしようぜ」と言っていました。音楽のジャズです。即興性がありながら、調和がとれている。そんなバスケットをしたくて、NKK時代はよく「俺たちのバスケットはジャジーなバスケットだな」なんて言ったりしていました。誰かが乗ってきたら、周りの選手たちはそっと引いて、サポートする。また違う誰かが乗ってきたら、さっきまで乗っていた選手はスッと下がって、サポートに回る。個人で戦っているように見えて、絶妙にチームの調和が取れていました。

東海大学も根っこにはジャジーなバスケットがあるように思います。日替わりで乗っている選手が出てきたら、そいつに打たせればいいじゃないか、と言っていますから。

田中大貴がいたときも、けっして彼ひとりでやっていたわけではありません。むしろ大貴は周りが見えすぎて、すぐにパスを出す傾向がありました。唯一、彼が全部、自分で1対1を仕掛けたのは、3年生のときのインカレの決勝戦くらいでしょう。

その後、大貴はB1のアルバルク東京に入団して、今はサンロッカーズ渋谷でプレーしています。でもあのときの決勝戦ほど、大貴の「絶対に誰にも負けない。今、チームに必要なのは自分だ」という強いプレーを見せた試合を、少なくとも私は見ていません。そのときも周りの4人が絶妙なサポートをしていました。

東海大学のオフェンス

ジャジーなバスケットを目指しているからといって、チームオフェンスを疎かにしているわけではありません。チームでボールをシェアしながら動かし、スクリーンなどで得点を獲る選手をノーマークにさせる。そこへ的確なパスを出す。シュートを決めるかどうかはその選手の技術次第ですが、チームとして攻めようという感覚も監督就任時からあったと思います。

2024年に入学してきた赤間賢人はいいシュート力を持っています。でも東海大学では一人の選手がボールを持ちすぎることをよしとしていません。簡単に守られるから素早く判断しなさいと言っています。打てるのであれば打っていい。でもダメだったら展開しよう。

NBAであれば、ルール上、簡単にはヘルプができないし、ディフェンスの3秒ルールもあります。FIBA（国際バスケットボール連盟）のルールではヘルプができます。だからボールムーブメントという考え方はしっかり教えています。

今はセットプレーも多いのですが、個人的にはあまり好きではありません。

もちろんセットプレーも大事です。デイブさんもオフェンスの制限時間が「24秒になったということは、みんなで共通する認識を持っていたほうがいいよ」と言っていました。セットプレーを持っていれば、その分、共通認識は持ちやすくなります。そうした共通認識を全員が持ったうえで相手のディフェンスの対応を見て、攻める。そんなバスケット1Qも大学時代にしっかりと備えさせてあげたいと考えています。

それでも根はディフェンスを頑張ってこそ負けない、強いと思っていますから、ディフェンスからのトランジション、ファストブレイクを第一に考えます。判断を早くして、アタックか、キックアウトかを決める。すぐにセットプレーに入るよりもトランジションからの動きで流れるようなアーリーオフェンスがいい。アーリーオフェンスのなかで完結していくオフェンスを理想としています。

その理想を実現するために何が一番大事かと言えば、やはりディフェンスに戻るのです。ディフェンスが強くなければ、ファストブレイクは出せないし、アーリーオフェンスに入れないわけですから。

東海大学のチームづくり

いわゆる体育会系にありがちな縦社会があまり好きではありません。社会に出れば先輩後輩の関係性が必要なときもありますが、少なくとも東海大学ではファミリーでありたい。４年生が長男で、以下、次男、三男、四男と続く。私は父親です。「親父」と言ったほうがいいかもしれません。家族を守るのは親父の役割であり、弟たちを守るのは兄です。選手たちにそう話したこともあります。

たいていの高校生は高校時代にそんな関係性を築いていません。だから入学してきたばかりの１年生は東海大学での関係性がわからないと思います。わからないまま、春のトーナメントを戦うのですから、うまくいかないことも多い。

それが夏合宿を乗り越えたあたりで、自分が東海大学男子バスケットボール部の一員だと自認できるようになります。

夏合宿は山形県の蔵王でおこなっています。石崎たちが３年生のときくらいからです。７月末、あるいは８月上旬の約１週間、標高１０００メートルを超えたところに、体育館はもちろんのこと、ウエイトトレーニング場やクロスカントリー場、陸上の400メートルトラックなどが併設された素晴らしい施設があるのです。

きっかけは2001年、NKKの監督であり、私にとっては恩師のひとりでもある藤本裕さんの葬儀のときでした。NKK時代にトレーニングコーチをしていた北本文男さんと再会します。当時の北本さんはWリーグの富士通レッドウェーブなどを指導されていて、精進落としの席で「男子も見たいんだ」と言うのです。私も酔った勢いで「じゃあ、東海をお願いしますよ」と言ったところから、蔵王に連れていってもらうことになりました。

北本さんが指導する夏の合宿を経て、秋のリーグ戦、インカレを戦うと、1年生のなかにも上下関係にとらわれることなく、東海大学で大好きなバスケットを精一杯やっていいんだという安心感が芽生えてきます。

そうして2年生になると、2024年度の轟琉維（るい）のように、1年目には見せられなかった自分自身をさらけ出して、一気に才能を開花させていくことにもなります。新人戦もあるので、一度〝兄〟としての責任を背負います。

3年生は一番伸びるときです。

4年生は大学最後の年で、もちろん勝ちたいわけですから、一番変わります。責任を持つし、大人になれる年とも言えます。〝我が家〟はその繰り返しです。

螺旋階段を登るように

東海大学での4年間は、螺旋階段を登っていくイメージでしょうか。1年生で「東海大学のバスケット」を経験し、2年生になります。同じ道をたどります。3年生。また同じ道をたどる。4年生になると4度目の道です。理解できているから、下級生に教えられる。プレーしながら、下級生に伝えて、卒業していきます。

同じ道といっても、選手たちはそれぞれに良い個性を持っていますから、オフェンス戦術については年によって異なることもあります。それでもこの基本は絶対に覚えておいたほうがいいというファンダメンタル――小中学生がおこなうファンダメンタルだけでなく、戦術に応じた、より幅の広いファンダメンタル――を身につけていきます。それが日本代表やBリーグに行ったときに必要になってくる。むしろ、それらを大学時代に経験しているかどうかは、次のステージで大きな差になると思っています。

たとえば「ビッグマン」と呼ばれる高身長の選手でも、私としてはオールラウンダーにしたい。世界に出ればビッグマンではないからです。

春先はハンドリングのドリルを全員でおこないます。全員でピック&ロールのハンドラーの練習をして、全員でダイブからポストアップの練習をする。ガードもセンターも関係ありません。チーム戦術が入ってくるまでの期間はファンダメンタルを磨く時期でもあるのです。

その時期は、先ほどのとおり、カップ戦や招待試合などもあります。新学期が始まれば、関東大学バスケットボール連盟が主催する「春のトーナメント」がおこなわれます。前年を主力として経験している選手が残っているときは勝つこともありますが、そうでなければ春のトーナメントを勝つことは難しい。

たいていは前年の4年生が抜けるわけですから、チームとしては新たなスタートになる。だからこそ螺旋階段のような流れを作らなければいけないと考えています。

同時に新4年生がどういった目標を立てるかも、その時期の重要な要素です。2023年のインカレで決勝戦まで勝ち上がった黒川虎徹たちは前年に続く「インカレ優勝」と合わせて、「原点回帰」を目標に掲げていました。彼らは螺旋階段を登る途中で河村勇輝と金近簾をプロの世界に送り出しました。そうした難しさがあったけれども、もう一度、東海大学らしく、強固なディフェンスからのチームにしたいと言っていたのです。私たちコーチは4年生が掲げた目標に対して後押しすることが役割です。

2001年に東海大学の監督になったときはチームの目標を私が掲げました。「1部昇格」「インカレ優勝」。それらをクリアしたあとは彼らに任せています。

当時は1人を除いて誰もその目標を達成できると信じていませんでした。たしかに簡単に成し遂げられる目標ではなかったけれども、目指すべきゴールを明確にして、それが達成できると信じて、突き進まなければいけません。だから最初に最高の目標を掲げたのです。それを達成して、彼らのなかで「そうか、目標は達成できるものなんだ」と思えたら、あとは彼ら次第です。目標は自分たちで決めればいいと思っています。

組織的なコーチング体制

東海大学のバスケットスタイルについて記したので、ここからはチームマネジメントについて記したいと思います。

コーチ留学に行ったとき、ヘッドコーチにデイブ・ヤナイさんがいて、その下にアシスタントコーチが2人いて、そこにボランティアコーチの私と、大学院生のコーチがいました。それぞれに役割分担もあります。

その経験があったので、チームをつくるうえではコーチングスタッフも「組織で強化していかないと強くなれない」と思っていました。以来、今に至るまで、東海大学男子バスケットボール部はコーチングスタッフも

組織です。

近年はコーチになる学生をトライアウトすることもあります。それくらい、みんながやりたいと言ってくるのです。だからといって人数を増やせばいいというわけではありません。選手やコーチングスタッフの数、各学年のポジションなどを考えて、しっかりとトライアウトをさせてもらっています。

組織の体制としては、一番上に部長がいて、現場を仕切る監督の私がいます。総括コーチの木村真人が事務方のトップ。彼が学内のことはすべて把握しています。その下に副部長と、2023年度から入野貴幸がアシスタントコーチとして入ってきました。入野は大学教員なので授業も持っていますが、彼とは別にもうひとり、東海大学スポーツプロモーションセンターに所属するアシスタントコーチもいます。

そのポジションからBリーグのコーチになった子もいます。田中大貴の同期で、学生コーチをしていた小林康法はその後、名古屋ダイヤモンドドルフィンズを経て、今はB3岐阜スゥープスでヘッドコーチをしています。

今アルバルク東京でアシスタントコーチをしている平良航大もそうです。彼らは東海大学の職員として働きながら、バスケット部のアシスタントコーチを経て、Bリーグのコーチになったのです。

その下に、各学年の学生コーチがずらりといます。

加えて、ストレングスコーチ（トレーニングコーチ）やアスレティックトレーナー、学連も各学年にいますから、総勢で20〜30人くらいになるときもあります。選手よりもコーチのほうが多いと言われることもあるほどの組織です。彼らとも組織力で勝っていこうという話をよくしています。

トレーニングの重要性

組織的なコーチング体制を築こうとしたのはコーチ留学の経験があったからだけではありません。

NKK時代にも藤本さんがトレーニングコーチの北本さんとアスレティックトレーナーの本間暁美さんを呼んで、当時としては珍しい組織的な強化体制を築いていました。選手としてそのメリットを享受していましたから、監督になるにあたって、私も組織的な強化体制は必要だと思っていたのです。アメリカでの経験でその考えが補強されたと言ってもいいかもしれません。

東海大学には「スポーツサポートシステム」があります。私が東海大学に入ったときにはすでにありました。トレーニングサポート部門、メンタルサポート部門、栄養サポート部門、メディカルサポート部門、医科学サポート部門の5部門があって、それを利用させてもらっています。

現在、東海大学男子バスケットボール部の副部長をしている小山孟志は入野の同級生です。彼自身はサッカー出身なのですが、トレーニングコーチの勉強のためにトレーニングサポート部門に入っていました。その小山が3年生のとき、学生トレーニングコーチとしてバスケット部に入ってきます。

大学バスケット界で有名なトレーニングコーチに、青山学院大学の吉本完明(さだあき)さんがいます。吉本さんとも仲良くさせてもらっていますが、吉本さんと小山、その上に北本さんがいて、東海大学と青山学院大学が当時としては珍しく、積極的にトレーニングに力を入れて、選手たちのフィジカルを鍛えていました。今となってはどの大学も取り組んでいますが、そうしたトレーニングの〝はしり〟は東海大学と青山学院大学だったのです。

選手からコーチになった私と同年代の人たちのなかで、「現役時代にきちんとトレーニングを受けているのはリクしかいないと思うよ」と北本さんがよく言っていました。だから他の監督やコーチはその重要性に気づかなかったのかもしれません。そう考えると、これはもう藤本さんのおかげであり、北本さんのおかげです。

食事面の改善と安定

ただトレーニングをしていくと選手は痩せていくのです。なぜか。食事をきちんと摂れていないからです。特に地方から出てきて、一人暮らしをしている選手は自炊もろくにできません。

これではダメだと寮をつくることにしました。2003年だったと記憶しています。選手たちにアンケートを取ったら、「一人部屋じゃなければ絶対に嫌だ」と言うのです。一人部屋でなければ寮には入らない。寮費が嵩む分、親御さんには申し訳ないけど、マンションタイプの寮がないか探そう。

当時の私は大学近くの職員社宅に住んでいて、夜、妻と2人で1時間半くらい、ウォーキングをしていました。全部屋の電気が消えているアパートはないか。探しながら歩いていました。

そんなときに駅伝の元監督である新居利広先生が、小田急線の東海大学前駅の近くに選手寮を建てる予定だったけれども、別の場所に建てることになったから、そこの地主さんに「聞いてごらん」と言ってくださったのです。相談したら、地主さんも「いいですよ」と言ってくださって、バスケット部専用のアパートと食堂を作ってくださいました。

食事を作る方も決まっていたのですが、急に都合がつかなくなって、白紙になります。困っていたところに、知り合いを通じて入ってくださる方がいました。資生堂の陸上部でも競技されていた川野恵美さんです。毎日通ってくれて、栄養士の指示のもと、25人分の夕食を毎日、すべて作ってくださった。1人で、です。朝は川野さんもいらっしゃらないので、選手たちが当番制で作っていたのですが、それは酷い朝食でした。

その体制で何年か続けたとき、資生堂の陸上部がやはり食事を作れる人を探していると聞いて、川野さん自身も陸上に戻りたいというので送り出しました。寮ができて、川野さんが来てくださったおかげで、選手たちの栄養面、食生活が改善されていったのは間違いありません。

その後も栄養士さんの紹介で料理をしてくださる方が入ってきたのですが、東海大学前駅前はすり鉢状になっていて、水が溜まりやすいのです。満原たちの代だったかな、インカレのときに大雨が降りました。寝ていたら、何かがプカプカと浮いている。何だろうと思って見たら、すでに1階が水浸しになっていたというのです。みんなで掃除をしてから試合に来たと言っていました。

礼生たちのときも198㎝の頓宮裕人の膝の高さまで水が来た。これでは住めないということになって、高台に新たな寮を造り、移ることにしました。それが現在の寮です。

食事については、誰かにお願いするのも大変なので、近隣の食堂と契約を結びました。当初は一軒のお店にお願いしていたのですが、変化が少なく、選手たちも飽きてしまうため、近年は3つのお店と契約させてもらって、栄養面をサポートしていただいています。

2021年からは株式会社サン・クロレラともサポート契約を結ばせていただいています。パウダー状の栄養補助食品を供給していただいて、私も牛乳に混ぜていただいていますが、選手たちの食生活はさらに安定したものになっています。

学生コーチの存在

そうした外部のサポートと合わせて、東海大学の特徴として学生コーチが多数いることが挙げられます。

私が監督になったときには女子マネージャーしかいませんでした。そこで当時からあったBチームの子に「教員志望の子はいない？」と聞いたのです。Aチームの選手は多くが今で言うBリーグ、当時で言えばJBLなどの実業団に行くことを目指しています。でもBチームの多くはそうではありません。教員志望の子が何人かいたのです。2人ほど手を挙げてくれました。

「どう、私のもとでアシスタントになって、コーチングの勉強をしてみない？」

すると、興味があるからやる、と言う子が出てきたのです。しかし、いざ始めてみると、おもしろくないのでしょう。選手と違ってたくさん動けるわけではありません。一週間くらいして、「やっぱりBチームでバスケットがしたいです」と言ってきました。「そうか。わかった。いいよ。選手でやりな」と言ったのですが、そこから急転直下です。

彼のお父さんが三重県で高校の先生をしていて、バスケット部の顧問でした。そのお父さんから「いやいや、そうじゃない。先々のことを考えたら、陸川先生の下で勉強したほうがいい」と言われたそうです。そこから卒業するまで学生コーチをしてくれました。最初の寮を作ったときは寮長にもなってくれました。三重高校出身の竹岡昌亮です。

彼は地元の三重県に帰らず、今は神奈川県内の女子高で先生をやっています。よく生徒たちを連れて、応援にも来てくれています。

そこから、現在、男子日本代表のアシスタントコーチであり、琉球ゴールデンキングスのアソシエイトヘッドコーチもしている佐々宣央(さっさのりお)や、東海大学付属諏訪高校の監督をしている小滝道仁らが学生コーチを務めてくれて、今も複数人います。

学生コーチは各学年にいるのですが、4年生になると教育実習があります。その期間は対戦相手のプレップ——相手の特徴や、プレーコールをすべてまとめたもの——を3年生の学生コーチが作ります。

それを私と2人のアシスタントコーチがチェックする。まとめてきた映像を見ながら「相手のこのオフェンスにはどうするの?」と聞くと、学生コーチが「こうやって守りましょう」、「ここを注意してください」と説明します。それが代々の学生コーチたちの役割です。何試合も見て、まとめなければいけないわけですから大変だと思います。私もそれをアメリカで経験しています。

もちろん学生コーチが「こう守りましょう」と言っても、すべてが採用されるわけではありません。足りないところも出てきます。そこを我々からも提案して、結論を出していく。

結論が出たら、まずは学生コーチが選手たちに説明します。その後、ウォークスルーでやってもらって、最適なものに仕上げていきます。机上の戦術では終わらせないようにしているのです。そうすることで学生コーチたちもさらに学び、吸収していきます。

学生コーチがいないときは、私ひとりでやっていました。今のような分析ソフトがあるわけではありません。ビデオを見ながら、逐一止めて、メモしたり……。今は専用のソフトを使えばサッとできます。私も挑戦してみましたが、あまりにも時間がかかりすぎました。であれば、できる人に任せたほうがいい。時間がもったいないですから。

手法こそ変わりましたが、『孫子』にあるとおり、「敵を知り己を知れば、百戦あやうからず」です。アメリカで相手チームを分析することを学んでよかった。だから帰国後、関東2部に上がったばかりのチームを初年度でリーグ戦5位まで導けたのだと思っています。相手の攻撃への守り方をすべて練習しました。

データ分析の重要性

私の現役時代には、そうしたデータ分析があまりありませんでした。特に大学のときは一切なかった。しかし、それも考え方次第です。自分たちのバスケットを貫く、絶対的な共通認識を持つという意味では、他チームのデータは不要かもしれません。日体大のそれは速攻でしたから、それを徹底していました。

ＮＫＫに入ってからも、当初はデータを活用するという考えはなかったのですが、取り入れたのはやはり藤本さんです。詳しいことは第6章で触れますが、藤本さんは幅広い知見を持っていて、当時としては先進的なことを積極的に取り入れる監督だったのです。その後を受けた北原さんもそう。北原さんは女子チームのコーチも経験していますから、相手がこう攻めてきたら、こう守るというように細かく分析されていました。

アメリカでは大学レベルでもそれがプログラムされています。しかし当時の日本の大学バスケット界では、ほとんど誰もやっていなかったのではないでしょうか。

アーリーシーズンはトレーニング等で選手たちを鍛えていく。シーズンインが近づくと、たとえば一週間後に試合があるとすれば、その何日か前から対戦相手のスタメンや、選手の特徴をまとめたプレップ資料が渡されます。後にその資料はすべて回収されます。それまでに内容を覚えなければいけなません。

たとえば2時間の練習であれば、45分くらいは相手チームの動きの対応を練習します。まずは全体像を説明して、次にマッチアップして、ウォークスルー。最後はライブ。相手のセットプレーが多いときは特に多く使っている3つくらいに絞って、あとはコミュニケーションを図りながら、これまでやってきた対応で守ります。

倉石平さんが早稲田大学を指揮している頃、倉石さんのバスケットはセットプレーが多くて、当初はそのすべての対策を練っていました。さすがに無理がありました。以来、特徴的なものに絞って、似ているものは同じような守り方で対応していくようにしています。学生コーチにも一番使われているものはどれかと聞くと、「ファーストプレーはこうしてきます」、「タイムアウト明けにはこのプレーをしてきます」とシチュエーションごとに出してくれるので、その対策を準備していきます。

学生コーチは対戦相手の試合を何試合も見てくれています。私も見ていますが、せいぜい直近の2試合程度です。それでも同じ傾向が出てくるので、このチームと対戦するときはこうだな、というのがわかります。経験によるものかもしれません。学生コーチたちはすごく頑張ってくれていますし、彼らの将来という点からも彼らの存在意義はすごく大きなものだと思っています。

すべては佐藤宣践先生の即断即決から

東海大学男子バスケットボール部はかつて70人くらいの部員がいたそうです。遡れば100人のときもあったとか。私が入ってきたときは35人です。

今は50人が面倒を見きれる最大の数だと考えています。Aチームが20人、Bチームが30人。学生コーチだけでなく、選手のトライアウトもさせてもらっています。

こんなエピソードがあります。

私が東海大学に入ったのと同じタイミングで、先ほども少し出てきた佐藤宣践先生が体育学部長に就任されました。柔道の日本代表の監督をされていた方で、山下泰裕先生を育てた人でもあります。

4月1日付で体育学部長になられた佐藤先生は、新学期が始まってからの1週間を使って全クラブを見て回ったそうです。当然、男子バスケットボール部も見られています。私自身は佐藤先生が視察に回っていることを知りません。知らずに福井たちと一生懸命に練習をしていました。

1週間後、学部長の秘書から電話が来ました。「陸川先生、学部長がお呼びです」。何か悪いことをしたかなと思いながら、恐る恐る学部長室に行くと、「座りなさい」と言われます。ソファーに腰を下ろすと佐藤先生からこう言われました。

「私はこの1週間、すべてのクラブの練習を見て回った。キミはいい指導をしている。キミならバスケット部を強くすることができるかもしれない。だから何かあったら言いに来なさい」

自分の部屋に戻る途中、ある考えが思い浮かびます。図々しい考えです。

東海大学は私立大学ですから、推薦入学の枠があります。当時の男子バスケット部に割り当てられたそれは、わずか2枠。他のクラブはたいてい関東大学リーグの1部にいますから、多いわけです。少なくとも4枠以上はあった。それに引きかえ、男子バスケット部は3部から2部にあがったばかりのチームです。

翌日、学部長の秘書に電話をしました。電話口の向こうで秘書の方が「佐藤先生、陸川先生がどこかで時間と取ってくれませんかと言っています」と言うと、佐藤先生の「今ならいいよ」の声が聞こえます。「今から行きます！」。

学部長室に行って「先生、昨日、何かあったら言いに来なさいとおっしゃいましたよね？　実はバスケット部には推薦枠が2枠しかありません。3枠にしてほしいです」。そうお願いしたら、佐藤先生が「わかった。4枠にしよう」と言ってくださった。

そうして初めてリクルートに行ったのが、西堂雅彦であり、池田雄一であり、原田裕作と溝口陽介です。結果として彼らが4年生のときにインカレで初優勝を遂げました。そのきっかけは佐藤先生の即断即決から動き出したことなのです。

先行投資とタイムリミット

その翌年にリクルートしたのが譲次たちです。筑波大学を指揮していた日高先生のアドバイスもあって彼らの獲得に動き出すのですが、ここでもやはり佐藤先生の存在は欠かせません。

当時の男子バスケットボール部は強化部ではありません。それでも強化計画書を出しなさいと言われます。NKK時代に会社で納期管理もしていましたし、バスケットボール部の5か年計画も作ったことがあります。

１年後、５年後、10年後――それらの構想をまとめた強化計画書を３日間で作り上げました。どんな選手をリクルートして、こんなチームを作りたい。図表も使いながら、まとめたのです。

佐藤先生のところに「遅くなりました」と持っていくと、全クラブのなかで一番早かったそうです。佐藤先生はそれに目を通しながら、「誰が欲しいんだ？」と言います。「まずは洛南高校の竹内譲次と、北陸高校の石崎巧が欲しいです」。そう言うと「わかった。奨学金も出すから、すぐに動きなさい」と返してくださった。

２人以外にも欲しい選手のリストが書いてあるわけです。内海、井上、阿部。全員Ｕ18日本代表の選手たちです。すると佐藤先生が阿部のところで目を留めます。「お、付属にもいいのがいるのか？」。佐藤先生は北海道出身です。「はい、彼は抜群だと思います」と言ったら、佐藤先生が直々に阿部を獲りに動いてくださった。阿部はすでに他の大学から声をかけられていたのですが、佐藤先生が「陸川に送ってくれ」と伝えたことで一変しました。

まだ内海と井上がいます。しばらくしてから佐藤先生が、「その後のリクルートはどうだ？」と聞くので、「オール・オア・ナッシング。全員来るか、全員来ないかだと思います」。そう言ったら、佐藤先生が内海と井上にもゴーサインを出してくださいました。そうして、あの５人が来たわけです。

繰り返しますが、当時の男子バスケットボール部は強化部ではありません。実績もないから通常であれば奨学金も出ないのです。しかも当初２人だった推薦の枠を、前年に４人にしてもらったばかり。それが次の年に、素晴らしい選手たちとはいえ、５人を獲りたいというのですから、学内ではちょっとした話題になります。

実際、会議の席でその話が出たそうです。そこでも佐藤先生が一言、「先行投資！」と言ってくださった。佐藤先生がいなければ、今の東海大学男子バスケットボール部はありません。感謝してもしきれないほどです。

先ほども書いたとおり、佐藤先生は山下先生を育てた方です。山下先生がロサンゼルスオリンピックで金メダルを獲得したときも一緒にいました。

佐藤先生からの後日談ですが、山下先生が2回戦でケガをしたとき、本来であれば、やめさせていたと話していました。「でも、これで最後になるかもしれないぞ。それでいいのか？」と聞いたら、山下先生が「やります」。佐藤先生も「よし、行け」。2人ともそういった人間力を持った方で、だから私は佐藤先生と山下先生が大好きなのです。

佐藤先生は元々、大手広告代理店で仕事をされていました。その時に世界チャンピオンになっています。そうした経験を経て、東海大学に迎え入れられます。その後、柔道の日本代表監督を務めて、山下先生を世界一に導くような方です。私自身は世界一こそ経験していませんが、同じように企業で懸命に働きながら、オリンピック出場を目指していました。感覚的にもすごく合ったのです。

やや強面なので、周囲からは怖がられることもありますが、私はまったく怖くはありません。何かに一生懸命取り組んでいる人にはすごく優しい。そうでない人にはすごく厳しい。そうした感覚も私には合いました。

もちろん、私やバスケットボール部を甘やかしていたわけでもありません。一度、こう言われたこともあります。

「陸川先生、あなたは年齢が年齢だから、5年で日本一にしなさい。もし10年やっても日本一になれなかったら、監督を辞めなさい」

ちょうど5年目に初めてインカレを獲って、日本一になりました。それもやはり佐藤先生の応援があったからこそだと思っています。

もう少し佐藤先生のエピソードを続けます。

佐藤先生の素晴らしさというか、おこがましくも私と感覚が合うところに、スポーツに向き合う目があります。

佐藤先生が指導していた当時はまだ、思わしくないことがあると手を上げるなどの指導が一般的だった時代です。佐藤先生は当時からそれを否定されていたそうです。柔道は武道ですから、余計にそうした指導が多く、周囲からも「そんなことでは絶対に強くならない」と言われていました。佐藤先生はそれを頑として受け入れず、そんなことは絶対にないと言って、高圧的な指導はいっさいしなかったと言います。

それだけでなく、下級生が上級生の荷物を持ったり、洗濯などをすることも一切させなかった。「柔道は畳の上での力が一番強いヤツが強いんだ。学年などは関係ない」。

もちろん厳しさはあったはずです。でも手を上げることや、年齢による上下関係とはまったく無縁の、ただ柔道で強くなるために必要なことを指導されていただけだと思います。

時代を思えば、その感覚を持つこと自体が稀です。でもその感覚を持っていたからこそ、山下先生のような素晴らしい柔道家が育ったのです。山下先生もよく「人間力の向上なくして、競技力の向上なし」とおっしゃいますが、それも佐藤先生の教えがあったからでしょう。

佐藤先生は東京教育大学、今の筑波大学の出身です。私は日本体育大学です。大学の特徴としては真逆の立ち位置と言ってもいい。そんな2人が東海大学でピタッと合う。運命だと思っています。

もうひとつだけ、佐藤先生のエピソードを書かせてください。

あるとき佐藤先生が私に、拓殖大学男子バスケットボール部を指導されていた森下義仁先生との食事をセッティングしてほしいと言ってこられました。当時、拓殖大学のアシスタントコーチを務めていたのは、日本代表でともに戦った池内泰明さんです。池内さんに連絡を取って、「うちの佐藤学部長が森下先生に会いたいと言っている」と伝えたら、快諾してくださった。

聞けば、佐藤先生も、森下先生も東京教育大学の出身なのです。食事の席で佐藤先生が森下先生に「陸川をよろしくお願いします」と頭を下げてくださいました。

当時の東海大学は2部です。それでも練習試合をたくさんさせていただいて、いろんなことを教わりました。いまだに森下先生に挨拶をしたら、いろんなことを教えてくださいます。

その後、東海大学がインカレで初優勝したとき、佐藤先生からお願いされて、もう一度食事の席をセッティングしました。そこで森下先生に「ありがとうございました。森下先生のおかげで、陸川が優勝できました」とお礼をしてくださった。佐藤先生はそういった人間力を持っている方です。最高です。大好きです。

Bチームで力を蓄える

東海大学男子バスケットボール部はAチームとBチームに分かれています。Aチームは原則的に私がリクルートをした子たちです。各学年5人だとしても、それだけでAチームの20人に達してしまいます。そうなるとトライアウトを受けて入ってきた子や、付属高校から上がってきた子はどうしてもBチームでのスタートになってしまうのです。

しかし、それですべてが終わるわけではありません。年に2回、入れ替えを検討するタイミングがあります。

まずは夏。5月から6月にかけて新人戦がおこなわれるので、そこで頑張った子に昇格のチャンスが生まれます。その前におこなわれた春のトーナメントでのAチームの出来と合わせて、AとBを入れ替えるわけです。もちろん入れ替えがない年もあります。

もうひとつは冬。インカレが終わったあとです。新チームがスタートするときに、まずはAとBの合同練習をします。そのなかで上げ下げがおこなわれてシーズンスタート。春のトーナメント、新人戦を経て、次のチャンス、あるいはピンチがやってくる。

2024年度の4年生、大久保颯大はBチームからのスタートでした。2年生の新人戦で、ハーバー・ジャン・ローレンス・ジュニアや小林巧のバックアップガードとして、すごくハッスルしてくれました。声も出して、ディフェンスも頑張って、「新人戦で頑張ったね」ということでAチームに上がっています。最後はキャプテンまで務めてくれました。

同じく3年生の久朗津広野（くろつこうや）は2年間、Bチームでした。当初、2年生に上がるところでAチームに上げようという話は出ていたのですが、Bチームのコーチが「久朗津がいないとリバウンドが取れません」というので、2年間、Bチームで頑張ってもらいました。そうして2年生の終わりにAチームに上がっています。

そうやって上がる子がいれば、Bチームに下がる子もいます。過去の例ですが、石井講祐がそうです。現在、シーホース三河でプレーしている彼は1年生のときからAチームにいました。でも当時はディフェンス力が足りなかった。Bチームに下げました。

でもこれはBチームに「落ちた」というよりも、Aチームにいるとなかなか試合に出られないから、実戦経験を積むための降格でもあったのです。彼が1年生のとき、4年生にいるのは石崎や譲次たちです。「だったらBチームに行って、ディフェンスができるようになってきなさい」。Bチームでディフェンスを強化して、

2年生のときにAチームに戻ってきています。

アルティーリ千葉でプレーしている大塚裕土に至っては3年生のときまでBチームです。4年生のときにAチームに上がってきて、今のように活躍しているのです。

石井もそうだし、大塚もそうですが、Aチームにいても、それに見合う力があって、試合に出られていればいいのですが――その代表格が彼らの同期である古川孝敏です――、出られないのであれば、Bチームで主力として試合に出るほうがいいこともあります。実力的に大きな差がないのであれば、たとえBチームにいたとしても、ほとんどの選手が追いついてくるものなのです。

Bチームから Bリーグに進むケースも

Bチームは学生コーチが見ています。学生コーチだった佐々宣央が指揮していたこともあります。佐々は3年生のときにAチームの学生コーチとして、私のサポートもしてくれました。

彼らの主戦場は神奈川県内の大学で構成される「神奈川リーグ」です。前期と後期があります。他の大学のAチームが出てきたり、ロスターの半分をAチームにするなど、さまざまな形で参戦してきます。

神奈川リーグは天皇杯にもつながっていて、前期で3位以内に入れないと、神奈川県天皇杯予選に進めません。そのため2023年まではBチームが神奈川リーグを勝ち上がり、天皇杯予選はBチームからバトンを受けたAチームが出ていたのです。でも2024年はAチームが合宿をおこなうタイミングで天皇杯の神奈川県予選がおこなわれることになりました。合宿を早めに切り上げれば、出られないわけではありません。でもそれではAチームの強化にならない。BチームはAチームとは異なるタイミングで合宿をしていますから、その時期でも対応ができます。4年生と話し合って、「今年はリーグ戦とインカレにかけよう。天皇杯はBチームに託そう」という結論になり、2024年度神奈川県天皇杯予選はBチームのステージにしようと決めました。神奈川リーグで3位以内に入って、天皇杯の神奈川県予選を勝ち上がっていけば、富士通や神奈川大学のAチームなどと対戦することになります。Bチームにもそうしたチャレンジがあるのです。

加えて、最近は関東大学バスケットボール連盟に所属している1部から3部までのBチームで構成される「デベロップメントリーグ」にも参戦しています。2024年こそ準決勝で負けましたが、その前年まで連覇しています。

そのときの決勝戦は、大田区総合体育館でアースフレンズ東京Zの前座としておこなわれました。MCも入っていますし、コートもBリーグ仕様です。お客さんも入るし、親御さんも、インカレを終えた私やAチームもみんなで応援して、すごく盛り上がりました。

結果として、2023年度の4年生はBチームからも2人、Bリーグに進んでいます。B2ベルテックス静岡の佐藤武と、B3徳島ガンバロウズの蛯子修二です。

その年はAチームの4人も全員、Bリーグ入りを果たしています。元田大陽が秋田ノーザンハピネッツに入って、西田公陽は兄ちゃん（優大）と同じシーホース三河、江原信太朗が滋賀レイクス、そして黒川虎徹がアルティーリ千葉です。

2024年度の4年生もロスター6人のうち、5人がBリーグ入りを決めています。残りの1人も社会人の強豪チーム、富士通に決まりました。

Bリーグは徐々に飽和状態になっていて、これからの学生にとっては狭き門になるかもしれません。そのなかでBチームも含めて多くの選手が進んでくれることは、すごくうれしいことだと思っています。

自分の行きたいところへ連れていくのは自分

もう少しBチームの話をします。

先ほど記した佐藤と蛯子はもともとAチームにいた選手です。でもBチームに下がっています。実力としては問題ないのですが、サイズやポジションのバランスを見て、下がってもらったというのが実際です。そういうことも起こりうるのです。悔しかったと思います。それでも彼らは腐ることなく、懸命にプレーを続けていました。だからこそ、道が拓けていったのです。

上級生に力のある選手がいれば、当然、下級生の出場機会は限られます。そのときにBチームに行けばスタートで出られる可能性が高い。そう言われて、Bチームに行く子もいます。石井がそうでした。それでもやはりAチームにいたい。そう思っている子も当然いたと思います。

そういうときは話し合いです。いや、そういうときだからこそ、話し合いはますます大事になってきます。対話をしなければいけません。

昔、同じような理由でAチームからBチームに落ちた子がいました。よほど悔しかったのでしょう。私の研究室に「なんで俺がBなんだ！」と乗り込んできました。落ち着かせて、話をしましたが、その後もなかなか態度は改まりません。卒業するまで私のことを睨みつけるような感じだったのです。

彼が社会人になって、誰かの結婚式の2次会で再会したときです。

「あのときコーチが言っていたことが、社会人になってわかりました。あのときはすいませんでした」

「ああ、いいんだ、いいんだ。あのときはきつかったと思うよ」

社会に出ればいろんなことがあります。自分の思いどおりにならないこともある。そういうときでもいろんな話をすることは大切です。

東海大学に入れば絶対にBリーグに入れる――そんな保証はどこにもありません。どうにもならないこともあります。それでも彼らに言うのは「自分の行きたいところに自分を連れていくのは自分しかいないんだよ」です。自分で考えて、自分で行動する。もちろん相談には乗りますが、私ができることなんてないのです。

練習生からBリーグ入りを勝ち取った男

自分の行きたいところに自分を連れていくのは自分しかいない。そう書いて、思い出される選手がいます。2022年度の卒業生である小玉大智です。Bリーグ入りを希望していましたが、当初はどこからのオファーもありません。そんなときに信州ブレイブウォリアーズが「練習生としてなら受け入れることができる」と言ってくださいました。ただし、給料は出ません。

大智に、どうする？　と聞いたら、行くと言うのです。

彼は坊主頭にヘアバンドをしてプレーするのが幼いころからのトレードマークでした。大学でもそれを貫いたので、冗談半分に「(長野県にある) 善光寺に行って、修行をしてこい」と信州に送り出したら、帰ってきたときには髭を伸ばしていた。「山伏になって帰ってきたのか？」なんて冗談を言ったりしたのですが、とにかく彼は練習生として頑張った。その結果、契約を結んでもらって、今はBリーグでプレーしています。たとえ最初は無給の練習生だとしても、Bリーグの選手になるんだという大智くらいの覚悟がなければ難しい世界です。ただでさえ狭き門が、いまや飽和状態になりつつありますから、今後はますます厳しい世界になっていくはずです。

在校生にも大智の話はよくしています。そこで何かを感じられる子は行動を起こします。大智のひとつ下、黒川たちの代の4年生はその話を聞いて、全員、昼休みもシューティングに来ていました。

やはり自分次第なのです。自分で考えて、行動をするしかない。私から「先輩たちはこういうことをやっていたよ」という話はできます。でも「やりなさい」、「こうしなきゃダメだよ」とは言いません。自分で行動を起こせるか。少なくとも行動を起こしたいと思ったときに、それができる環境が東海大学にはあります。行動に移すかどうかは選手たち次第です。そうした覚悟を持てるかどうかの差は、のちの結果に大きな差を生むのではないかと思っています。

ましてや東海大学の練習は3時間しかありません。オフの日であっても、自分自身で時間を見つけて、自分のすべきことに取り組まなければ、Bリーグ入りは難しいと思います。大倉颯太は学校の体育館が使えないときに近所の体育館を借りてまで自主練習をしていました。佐土原遼も一緒だったかな。

やはり自分がやると思ったときが一番力のつくときですし、自立できるときです。大倉たちの代は、そういう意識の高い子たちが多かったからこそ、その後の道もおのずと拓けていったのだと思っています。

Bリーグ誕生が生んだ好影響

話は前後しますが、2016年にBリーグが開幕しました。そのことで私自身もすごく勉強になっています。個人レッスンのようなスキル指導をするコーチも増えてきています。選手個々のレベルはもちろんのこと、チームとしてのレベル、バスケットのレベルも上がってきています。

でも一番良かったのは、特別指定選手としてBリーグを経験する学生が増えたことです。選手だけではありません。東海大学の学生コーチたちも勉強に行っています。それを持ち帰ってきて、ワークアウトをする。インカレが終わって、1月から新チームがスタートするのですが、最初の1ヶ月は学生コーチのワークアウトがメインです。うまいものです。学生コーチでもハンドリングはめちゃくちゃうまい。私にはできないことだらけです。

Bリーグのチームで学んで、これはいいなと思ったことをみんなの前で発表する。それをAチームもBチームも、ステーションドリルのような形で回しています。これはBリーグができたことによる恩恵のひとつだと思っています。

チームからオファーが来るのは基本的に選手たちだけですが、「学びに行ってみたい」と相談を受ければ、東海大学出身の卒業生で、マネージャーやアナリストで入った子たちに聞いてもらいます。彼らを通じて、チームの許可を得ようとするわけですが、それを学生コーチが自らやる子もいます。それくらい意欲的な学生コーチもいます。

私も関東近郊のチームに特別指定を受けたり、インカレを終えた4年生であれば、正式契約に結びついたとき、各チームの練習を見させていただくことがあります。すごく勉強になります。

たとえば黒川が契約したアルティーリ千葉は練習プログラムの作り方が非常におもしろかった。目的に合わせて、分解練習をしていく流れはとても興味深いものです。サンロッカーズ渋谷のルカ・パヴィチェヴィッチヘッドコーチは以前から知っているのですが、改めて勝負の世界の厳しさを痛感させてくれます。ミスしたときの選手の態度で「だから、そこを突かれるんだ！」といった勝負の大事な一面を改めて学びました。

彼らのような勝負の世界に生きている人たちを間近で見ることによって、技術や戦術もさることながら、一瞬一瞬の何を大事にするか、勝負の場面で何が必要なのかを垣間見えることは、何よりの学びになります。

東海大学の学生コーチもそうですが、若いコーチがどこかのチームの練習を見させてもらう機会はあると思います。そのときに練習メニューだけを見るのではなく、そのチームのコーチがどういうところに目を付けて、練習を進めているか。

ルカさんは選手の精神状態まで見つめて、それは試合で負ける考え方だと指摘するのです。本当に厳しいコーチです。技術的なことについても、たとえば、パスの出しどころひとつにも厳しい。チャンスのシーンで狙ったところにパスが出せないと、「パスがずれたことでディフェンスはここまで迫ってきているぞ。だから、ここにパスを出すんだ」と指摘します。我々もそうした話はしているつもりですが、追求が甘いからか、ターンオーバーになってしまう。

よく言われることですが、たとえ「5－0（ディフェンスをつけない5人の動きの練習）」でも、いかにディフェンスをイメージできるかが重要です。つまりは想像力と察知力。それを選手はもちろんのこと、コーチ自身が追い求めることで、コーチ自身もそうしたことが見えてくるようです。

意図を持たない、何気ないパスを出そうものなら、ルカさんは烈火のごとく怒ります。ディフェンスはどこにいるんだ。パスを出す前にはここにいるかもしれないが、パスと同時にジャンプ・トゥ・ザ・ボールでここに来るだろう。だったら、どこにパスを出すべきなんだ？　ここにディフェンスがいて、レシーバーがそれを抑えているのだから、パスはここだろう？

そうした理論は最初に説明してあります。そのうえで同じミスをしたら、怒ります。私がサンロッカーズ渋谷の練習を見たとき、大貴以外の選手はみんな怒られていました。大貴はアルバルク東京でそれを経験しているから、わかっていたのでしょう。

精神状態だけでなく、戦術的なことも、もちろん緻密です。

世界基準を学ぶ

ルカさんとの出会いは２０１６年です。当時のルカさんは男子日本代表の暫定ヘッドコーチを務めていました。私はユニバーシアード男子日本代表のヘッドコーチを務めていたので、その合宿で指導していただいたのです。内容はピック&ロール戦術です。私もそれを引き継ぎます。そうして実際に指導していると、その狙いがわかってくる。それは東海大学にも落とし込まれます。

ユニバーシアードの合宿は、はじめ40人のセレクションから始まって、20人の2グループに分けてスタートしました。最初のグループをルカさんが指導した後、「次のグループはコーチ・リクが指導ね」と、いきなりルカさんから託されます。最初の1週間は必死でした。ルカさんの指導を見て、メモして、頭に入れ、すぐに実践するという気の抜けない張り詰めたキャンプです。2次キャンプからは選手を半分に絞り込み、ルカさん主導で指導していただいたのですが、ボールを受ける位置を間違うだけでも叱られます。ボールを受ける位置だけではありません。ピックを守るときの「アイス」や「ステップアウト」に対応するスペーシングの位置も厳格に求められます。

その状況が最も広い「マキシマムスペーシング」になります。これはディフェンスにとって一番守りにくいスペーシングです。その距離を間違えてしまうと、ディフェンスは1人で2人のオフェンスを守れてしまう。どこか設計図を引いているかのように緻密で、すごく勉強になります。

決められた位置に動かなければいけない。そう聞くと、選手を意のままに操る、いわゆるロボットのようにするのかと思われるかもしれませんが、そうではありません。目的は「相手がこのディフェンスをしてきたときに一番守りづらいスペーシングはどこか」を選手たちが瞬時に考えて、行動を起こすことです。

1対1をする。遠いところかヘルプが来る。さぁ、オフボールの選手たちはどう動く？　どこに合わせる？　その答えがすべてあります。2対1の状況を作りたいわけですが、その距離が近いとディフェンスは守れてしまうというのです。

「2対1」と呼ばれるファンダメンタルドリルがあります。小中学生でも取り入れているところがある練習です。日本だとたいてい、フリースローラインの幅でパス交換をしながら、2対1を攻めていくと思います。

世界でそれは通用しません。ガードでもウイングスパンが2メートルから2メートル15センチ、ビッグマンならもっと広くて2メートル30センチくらいあるの選手もいるわけです。そんな選手を相手にフリースローラインの幅で攻めようと思えば、簡単に守られてしまう。

どうするか。簡単です。広がればいい。広がってアタックしなさいとルカさんは言います。ブロックショットにくればディッシュパスをすればいいし、ブロックショットに来なければ、そのままフィニッシュに行けばいい。

要は世界基準なのです。だからおもしろい。

バスケットの神様がいるんだなと思いました。神様が会うべき人に会わせてくれたのだと思います。

おかげで2017年の李相佰盃（日韓学生バスケットボール競技大会）では、男子日本代表が28年ぶりに韓国を3連勝で下しています。韓国のほうがサイズもありましたが、勝ちきりました。その大会前の強化合宿で韓国に遠征し、韓国のプロチームとも対戦しましたが、3勝2敗だったかな、勝ち越しています。これが世界のバスケットなんだと気づかされました。

Bリーグは今、すごく洗練されていて、勝負がかかった試合が毎試合のように見られます。バスケットの質も上がってきていますし、大学のヘッドコーチをしながらも、おもしろいなと思っています。

河村勇輝のゆるぎない決断

Bリーグができたことで、大学バスケット界に大きな変動があったとすれば、そのひとつに河村勇輝が東海大学を退学して、横浜ビー・コルセアーズに入団したことが挙げられるでしょう。2022年のことです。その翌年には金近廉も同じように東海大学を退学し、千葉ジェッツふなばしに入団しています。

大学バスケットファンの方であれば、大学バスケット界にとっての損失になるのではないかと思われるかもしれません。そうしたことは今後も起こりうるはずです。実際に他の大学でも同じようなケースが出てきています。

河村と金近のケースを例に、私の考えもここで記しておきたいと思います。

東海大を退学し、プロの道へと進んだ河村勇輝。在学中からしっかりとした将来のビジョンを持っていた

河村は福岡第一高校から東海大学に進学することが決まっていました。しかしウインターカップを終え、大学入学までの間に三遠ネオフェニックスで特別指定選手としてプレーしています。大活躍でした。そのままプロに行きましょうという話もあったようです。

そのときに彼のお父さんが勇輝に「せっかく陸川先生が声をかけてくださったのだから、2年間は学んできなさい」と言ってくださったらしい。福岡第一高校の井手口先生も同じようなアドバイスをしてくださっていた。

私自身も話をさせてもらって「文武両道。次にどうなるかはわからない世界だから、単位も教職課程も全部取って、次への準備もしておこう」と伝えました。彼は2年間で取得できる単位はすべて取っています。

かわいそうだったのは、彼の入学したときが新型コロナウィルスの世界的蔓延、パンデミックのときだったのです。春のトーナメントは中止、秋のリーグ戦もオータムカップに変更、インカレこそおこなわれましたが、年間の試合数が例年に比べても圧倒的に少なかった。

1年目のシーズンを終えて、そのまますぐに特別指定選手で横浜ビー・コルセアーズへ。2年生のときこそ大学の試合数も多少は戻ってきましたが、それでも例年と同じではありません。秋のリーグ戦が終わって、インカレが始まる1か月くらい前でしょうか。相談がありますと言ってきました。

「ここでプロに行こうと思います」

プロ契約をしても大学を辞める必要はありません。通ってもいいし、通信で単位を取る道もあります。そう伝えたのですが、「いや、退学します」と言うわけです。

理由はパリ2024オリンピックに出場することが今の目標で、そのために今の大学での試合数や強度などを考えると間に合わないと思う、と言うのです。もっと高いレベルの経験を積んで、そこに集中したい。勇輝なりにしっかりと考えていました。

「わかった。自分の目標や夢がそこにあるのであれば、いいと思う。インカレで優勝して、自分の口からみんなに伝えなさい。私はそれまで言わないから」

インカレは決勝戦で白鷗大学に負けました。めちゃくちゃ悔しがっていました。優勝して、みんなと笑って、大学を出ていこうと思っていたのでしょう。

勇輝の決断は彼が言うまで誰にも言わないと決めていたのですが、副学長で、スポーツ担当だった山下泰裕先生にだけは伝えました。「申し訳ありません。河村が退学して、プロの世界に行こうと考えています」。山下先生は「それも彼の人生だし、そう決断した河村くんを笑顔で送り出せるチームでありたいですね」と後押ししてくださいました。

２０２２年1月、特別指定で入っていた横浜ビー・コルセアーズのゲームが平塚であるというときに、「勇輝からみんなに話がある」と言って、全員の前で自らの決断を伝えさせました。

私も「いいかい、勇輝は決断をして、パリ２０２４オリンピックを目指すと言っているんだから、応援してやろうな」と言って、最後はみんなでハイタッチです。

勇輝を送り出したあと、「いいかい、このことをＳＮＳなどに一切出さないでくれ。勇輝とエージェント契約を結ぶ楽天スポーツが3月に記者発表をするから、それまでは絶対に他言無用でいてくれ」と言ったら、彼らは誰ひとり、しゃべらなかった。これはうれしかったです。

ただ、その記者発表があった後だったかな、話に尾ひれがつくのです。どうやら陸川もBリーグのヘッドコーチになるらしい。陸川がヘッドコーチになるから河村も出ていったんだ。ＳＮＳにそう出たらしいのです。私はＳＮＳをいっさいやりませんから、知りません。もちろん事実無根です。

練習に行くと選手たちの表情が沈んでいる。木村コーチに「どうしたの？」と聞いたら、ＳＮＳにこんな情報が出ていますと見せてくれました。選手たちにはすぐに否定しましたが、噂は一向に収まりません。声をかけ、東海大学進学を考えていた高校生が一斉に進路を変え始めたのです。

これはまずいという話になって、ホームページで「私は東海大学にいます」と上げました。轟琉維たちの代は他にも素晴らしい選手が来る予定だったのですが、他の大学に進学してしまって……ＳＮＳの恐ろしさを感じたときでもありました。

いろんな道があっていい

金近については、河村とは少し異なります。河村の1学年下ですし、彼のなかにもBリーグに行きたいという思いはあったのでしょう。2022年のインカレで優勝して、日本代表でも大活躍をします。おそらく、そのあたりで声がかかったのだと思います。

やはり相談があると言ってきて、プロに行くと言うわけです。正直に言えば、私としては少なくとももう1年、大学でプレーする必要があると思っていました。シュート力は高いのですが、ディフェンス力や、何より体づくりをしなければ、次のステージは難しいのではないかと思っていたからです。

「もう1年、残ったほうがいいと思うよ。今年（2023年）はユニバーシアード（正確にはワールドユニバーシティゲームズ）もあるし、そこで世界の国々ともマッチアップできるんだから」

それでも金近は大学を辞めて、Bリーグに行きたいと言います。本人がそこまで言うのであれば、彼自身が決めた道です。私たちは笑顔で送り出すだけです。

慰留して、たとえ残ったとしても、彼のモチベーションは下がったままでしょう。チームにとってもいいことではありません。素晴らしい選手ですから、何かを諦めながらプレーするのはかわいそうです。

そう考えると、いろんな道があっていいと思います。

ただ、河村も金近も日本代表クラスです。実際に河村は目標だったパリ2024オリンピックに出場して、いまやツーウェイ契約とはいえ、NBAにまでたどり着いています。そこでまた彼らしくチャレンジを続けている。

金近はパリ2024オリンピックこそ出場できませんでしたが、彼のレベルであれば、Bリーグのチームはどこだって欲しいでしょう。実際にBリーグでも通用しています。

でも彼らのレベルに達していない選手が「大学を辞めて、Bリーグに行きます」と言ったら、「ちょっと待ちなさい」と言うでしょう。セカンドキャリアを含めて、いろんな課題があります。ケガをすれば、その先の未来が狭まることにもなりかねません。「まずは卒業しなさい」と言うと思います。

Bリーグの年俸については詳しく知りませんが、トップクラスになれば、かなりの額を得ているのでしょう。そのクラスになれるのであれば話は別です。河村も、金近もその可能性を十分に持ち合わせています。今後の生活を考えても、彼らは大丈夫だと思います。でも彼らのような選手は一握りなのです。

この件はハーパー・ジャン・ローレンス・ジュニア（以下、ジュニア）とも話しました。周りのみんなが彼に「おまえも大学を辞めて、Bリーグに行くんだろう」などと言っていたようです。

2022年だったかな、U22男子日本代表が、当時はまだコロナ禍で海外遠征ができなかったので、国内の学生選抜を組んで強化試合をやることになりました。私がその学生選抜を指揮することになったのです。ジュニアたち2年生以下の日本人と、留学生4人を入れて、戦いました。

千葉ポートアリーナでの試合を終えて、車で帰るとき、東海大学の選手に「一緒に乗って帰るやつ、いるか～？」と聞いたら、ジュニアだけが乗り込んできた。彼一人だけだったので、聞いたのです。

「おまえ、プロに行くのか？」

彼はこう答えました。

「いや、みんな、プロに行けって言うんですよね。でも親が絶対にダメだって言うんです」

彼のお父さんはアメリカの軍人で、お母さんは沖縄で中学校の英語の先生をされています。そのお母さんから大学を卒業するのはマストだと言われていたようです。だから大学を辞めてまでBリーグに行きませんと言うから、少し安心しました。

結果、ジュニアは最後のインカレまでを戦って、サンロッカーズ渋谷と契約。大学も無事に卒業しました。子どもたちはそれぞれに境遇がありますし、選手としての資質などもあります。それらを含めて、その子たちの次のことを考えて、判断してあげたいなと思っています。

私自身、会社員の経験もしていますし、リストラも経験しています。チームの休部も経験しました。社会に出てからもさまざまな経験をしていますが、そのときに保健体育の教員免許を持っていてよかったなと思います。それも縁があってこそですが、だからこそ、今、卒業していく学生たちにもいろんなアドバイスをしてあげたいのです。

単独大学で国際ゲームができる時代へ

2022年に「WUBS（世界大学バスケットボール選手権）」と呼ばれる、単独の大学が出場する国際大会が始まりました。そうした国際的な大会を大学生のときに経験できることは素晴らしいことです。彼らの成長のためにも必要なことだと思っています。

井の中の蛙ではいけません。同じ大学生ですが、それぞれの国、それぞれのチームによって文化が異なります。特徴も違う。フィジカルの強さを押し出してくるチームもあれば、シュートがうまいチームもある。ゲーム運びも多種多様で、戦術も含めて、チームの〝色〟があります。

多彩な〝色〟と混じり合う経験は、選手としてはもちろんのこと、人間としての幅も広がります。世界にはこういう人たちがいて、こういうプレーをするんだ、こういう文化や風習があるんだと触れるだけでも、視野が広がります。山下先生が言うような「人間力の向上」にもつながるではないかと思います。

2024年こそ逃しましたが、2022年、2023年とWUBSに出場して、チャイニーズ・タイペイの大学や、韓国のチャンピオン、高麗(コリョ)大学校とも対戦しました。特に2023年の高麗大学校に勝てたことは、その後のインカレにもつながりました。選手たちはWUBSで手応えと自信を得ていたのです。

私が学生の頃は、国際大会と言えば選抜チームでおこなうものくらいです。それが今は大学単独で参加できるのですから、本当にありがたいかぎりです。

多くの人たちとの出会い

振り返ってみると、多くの方々との出会いで東海大学男子バスケットボール部が築かれているのだと実感できます。

バスケットボールに関して言えば、その筆頭はやはりデイブ・ヤナイさんです。デイブさんからはコーチング哲学と、ディフェンスのベースを教わりました。

デイブさんがレイカーズとUCLAからの誘いを断った話は書きました。実は大学のコーチを引退されたときにも、ピート・ニューウェルさんのおこなっていたビッグマンキャンプのチーフディレクターになってほしいと誘われたそうです。それも断っています。これからはお孫さんを含めた家族との時間を大切にするというのがその理由でした。

それでもＮＫＫのメンバーなど、昔からよく知っている人に頼まれたら、たとえ日本であってもクリニックに来てくださることがあります。日体大とＮＫＫでの後輩になる小川直樹が横浜ビー・コルセアーズのＧＭを務めていたとき、彼はデイブさんを呼んでいました。

挨拶に行って、そのままクリニックのアシスタントコーチを務めます。デイブさんが来たら、どこに行くにしても、私と小野秀二さんがアシスタントコーチになって、クリニックをサポートしています。

そう思うと、デイブさんのもとでバスケットを学ぼうと思った当時の私の感覚は間違いなかったと思います。アメリカの大学で学ぼうと思えば、どうしてもＮＣＡＡのディヴィジョンⅠの有名なチームで学ぼうと思いがちです。でも、私はデイブさんに教わりたい。ＮＫＫのキャンプで出会って、そう思ったことに間違いはありませんでした。

デイブさん以外にもたくさんの方々からバスケットボールについて、さまざまなことを教わりました。以下に出てくる方々とのエピソードは今後の章に譲りますが、先にみなさんから学んだことをまとめておきます。

日本代表でともに戦った小野さんからはモーションオフェンスを学び、日本体育大学の先輩でもある内海知秀さんからはシュートについて教わりました。日高先生にはリクルートの考え方など、チームマネジメントについても教わりましたし、男子日本代表の元監督、小浜元孝さんには世界で戦うメンタリティも学びました。ジョン・パトリックさんからは、マッカビモーションなど、アメリカのバスケットとは異なるヨーロッパのバスケットを教わりました。

近年で言えば、ルカ・パヴィチェヴィッチさんもそうです。２０１７年、私がユニバーシアードの男子日本代表ヘッドコーチを務めているとき、ルカさんは日本代表の暫定ヘッドコーチをされていました。アルバルク東京のヘッドコーチになる前です。そのときは1か月間、学生たちにピック&ロールを教えてくださって、それも私にとっては大きな学びになりました。ピック&ロール以外にも、多くのことを学ばせてもらいました。

そう考えると、私はラッキーなのです。

スタートは新井高校の阿部忠孝先生です。阿部先生にはバスケットボールの楽しさを教わりましたし、日体大では西尾末広さんに鍛えてもらいました。西尾さんは妥協をしないコーチでした。本当に徹底しています。人間の皮をかぶった鬼ではないかと思うくらい、走らされました。走るバスケットを追求するために走ることで妥協をしてはダメだというわけです。一方で思いやりもある方なので、今でも会って一緒にお酒を飲んでいます。

日本大学の細島繁さんの推薦で日本代表にも選んでいただきました。そこで日体大の監督でもある清水義明先生にチャンスを頂きました。

NKKではいろんなコーチに学びましたが、最もお世話になり、最も影響を受けたのは藤本裕さんです。2度のリーグ優勝を経験させてもらって、組織の体制づくりを学びました。そのときにデイブさんと出会い、同じころポートランドトレイルブレイザーズのチーフスカウトやGMを務めたことのあるステュー・インマンさんにはオフェンスを学びました。

拓殖大学の森下先生もそうですし、県立能代工業の加藤廣志先生のことを忘れてはいけません。

加藤先生は、後で詳しく話しますが、私が大学1年の時にユース日本代表に選んでくださいました。そして、現役最後の試合を代々木第二体育館まで見に来てくださった。県立能代工業の卒業生でないにも関わらず、です。あれはうれしかったですね。東海大学に入ってからも、毎年5月におこなわれている「能代カップ」を見に行くと、ステージ上の席で一緒にゲームを見ながら「今年はどうなんだ?」と東海大学を気にかけてくださっていました。「今年はチャンスがあります」と言ったら、「いいか。勝てるチャンスがあるときには、絶対に勝たなきゃダメだ」と強く言われたことを覚えています。

まだまだたくさんいらっしゃいますが、振り返ってみると、こうした方々とご縁があって、今の私はあるのだなと改めて実感します。

私のモットーは「知らないことは知っている人に聞けばいい。あるいは教えてもらえばいい」です。だからデイブさんのもとに東海大学の選手たちを連れていき、キャンプを張ったことがあります。ジョン・パトリックさんに教えを乞おうと選手たちとドイツに行ったこともあります。お金がめちゃくちゃかかりましたけど、本物に触れたほうがいいだろうと思って、行動を起こしたのです

本当に多くの方に、いろんなことを教わりましたし、助けていただきました。感謝してもしきれません。

第4章 勝負の原点

中郷村

私が生まれた新潟県中頸城郡（なかくびきぐん）中郷村（現・新潟県上越市中郷区）は雪深い村です。１９６２（昭和37）年3月11日のことですから、その日も雪は積もっていたと思います。

その後、身長２００㎝近くまで伸びていく私ですが、その背丈を優に超えるほどの積雪が毎年のようにあります。父が亡くなった２００６年は50数年ぶりという大雪で5メートルの積雪を記録したほどです。2階の屋根くらいまで雪が積もっていました。すでに東海大学の教員になっていて、スキー実習があったのですが、当時の体育学部競技スポーツ学科長の宇野勝先生に父親の病状を話し、許可をいただいて、父の見舞いと除雪のために帰省していました。積雪がすごかったことを鮮明に記憶しています。

雪国の冬と言えば「雪下ろし」をイメージされるかもしれません。しかし中郷村の――いや、豪雪地帯であれば、全国のどこであっても、まずは「雪かき」です。屋根の雪を下ろす空間がないほど高く積もっていきます。

道だって、今でこそ消雪パイプから地下水を撒く道路が整備されていますが、昭和40年代の中郷村にそうした設備はありません。まずは住民が雪かきをして、山の避難路のようなところに積み上げていく。雪の上に雪を積み上げていくからどんどん高くなります。そうして積みあがった雪山をブルドーザーが削り取っていくわけです。

第4章

勝負の原点

ブルドーザーが入ってくるまでは恰好の遊び場です。学校へ行くのにその上を歩いたり、あまりにも積みあがっているときは大人がう回路を作ってくれて、そこを通って学校へ行く。そうした日常を子どもたちは嬉々として楽しんでいました。

春から秋にかけては、いわゆる田園地帯です。村の至るところに田んぼがありました。稲刈りが終われば、雪が降るまでの期間は、これまた子どもたちの遊び場です。友だちと田んぼで草野球をしていました。

新潟の雪深い村が私の故郷。冬は雪が降り積もった庭がかっこうの遊び場だった

当時の中郷村は子どももたくさんいました。化学製品を扱う日本曹達(そーだ)という会社の工場があり、そこに務めている人が多かったのです。私の父と母も兼業農家としてそこに勤めていました。

ただ私の祖母が生まれた明治時代には、家の周りに自分の家を合わせて6軒しかなかったそうです。そこからどんどん増えていくのです。

増えたといっても新潟県の田舎です。学校や駅に通じる道路が整備され、その道路沿いに家があるわけですが、道を外れると田んぼや林ばかり。道路沿いには外灯もありますが、田んぼや林の周りにはそれもありません。夜になれば文字どおりの真っ暗闇です。真っ暗だから星はきれいに見えるのだけど、子ども心には恐怖のほうが勝っていました。

我が家も道路沿いにありました。家の裏には杉林があって、その奥に墓がある。その墓をさらに抜けていったところに穴を掘って、生ごみを捨てていました。家から50メートルほどです。そこに「ごみを捨ててこい」と言われるのです。幼いころは本当に怖くて、嫌だな、嫌だなと思いながら、捨てに行った記憶があります。あのときの恐怖は今も忘れません。

そんな自然豊かな村でのびのびと育ちました。野山を駆け回っていたのです。

当時を思い返したとき、すごくよかったなと思うのは私の通っていた中郷村立（現・上越市立）中郷小学校が1年中、裸足での生活だったことです。さすがに今は違うと思いますが、冬も裸足だし、外も裸足でした。校庭がすごくきれいに整備されていて、裸足で校庭を遊び回れる。近隣の小学校も中郷小学校に来て、いろんな大会をするほど整備された小学校だったのです。

校庭の脇には「夕日ヶ丘」と呼ばれる丘もありました。松林で覆われているのですが、ランニングコースが整備されていて、一周が500メートルのクロスカントリーのコースです。小学生はそこを裸足で走るのです。

そのコースを走ると、その周回回数に合わせて、教室にある大型シートにシールを貼ることができます。それで「地球を何周回ったか」を目指していたのです。それが楽しみで、昼休みなどによく走っていました。学校としては子どもたちの体を動かせようという思惑があったのかもしれません。でも私自身にやらされている感覚はなく、シールが増えていき、「俺は地球を○周回ったんだ」といった気持ちになるのがうれしくて、毎日のように走っていました。

ばあちゃんの教え

夕日ヶ丘を使ったクロスカントリーのレースは運動会でもおこなわれていました。低学年は1周、高学年は2周です。けっして遅いほうではなかったのですが、徐々に休み時間の成果が出てきます。3年生のときに2位か、3位に入って、「あ、俺は足が速いんだ」と意識し始めたら、4年生からはずっとチャンピオンです。うれしくて「勝った！」と喜んで家に帰るとばあちゃんに一喝されます。

「自慢、高慢、バカのうち！」

どれだけ勝とうが、どれだけ出世をしようが、謙虚さや素直さを忘れると絶対に痛い目を見るぞ。常に謙虚でいなさい。そう教えてくれたのだと思います。

もちろん負けることもあります。前記のとおり、3年生まではチャンピオンになれていませんから悔しいわけです。下を向いて帰っていくと、またばあちゃんに叱られる。むしろ勝って喜んでいるとき以上に叱られました。

「下に何が落ちている。負けるが勝ちだわや」

わや、というのは上越地方の方言です。

負ける悔しさがあったとしても、そこに留まるのではなく、次に何をすればいいのか。その負けから何を学ぶのか。そうしたことがわかるはず。だから負けてよかったんだと教えてくれたのだと思います。

その意味を理解できたのは大人になってからですが、幼いころからそれらをずっと言われ続けているわけです。だから東海大学男子バスケットボール部の監督になってからも、勝っても絶対に鼻高々にはなれないし、負けても絶対に落ち込めません。その原点はばあちゃんです。勝負の王道を教わりました。

東海大学の「24時間ルール」の原点も、結局のところは、ばあちゃんの2つの金言に突き当たります。

かなり古い本で『リーダーシップが人を動かす』があります。ケン・ブランチャードさんが書いた本ですが、そのなかにNFL（アメリカンフットボールのプロリーグ）のマイアミ・ドルフィンズでヘッドコーチを務めたドン・シューラさんが出てきます。選手としても活躍し、その後NFLで最も勝利を呼び込むヘッドコーチとして活躍した人です。

そのシューラさんが掲げていたのが「24時間ルール」です。一つの試合が終わったあとは、勝利を祝うのも敗北を悔やむのも試合終了後24時間まで。そういうルールを自分自身にもコーチや選手たちに課していたそうです。

「24時間は徹底して勝利の興奮に酔い、敗者の苦悩を味わえ。ただし24時間を過ぎたら、すべてを忘れて、次の対戦の準備に集中せよ。これは注目に値する。勝っても思い上がるな。負けても落ち込むな。大局を見よ。成功は永遠に続くわけではないし、失敗もそれで終わりということではない」

その一文を読んだとき、雷に打たれた気持ちになりました。ばあちゃんの顔がパッと浮かんだのです。「ばあちゃんはNFLのヘッドコーチができたな」。そう思ったほどです。

「自慢、高慢、バカのうち」も「負けるが勝ちだわや」も、ドン・シューラさんの「24時間ルール」に通底しているわけです。

もっとも、ばあちゃんはスポーツなんてやったことがないと思います。ただの農家です。でも米を作ったり、山に山菜を取りに行ったりするなかで、自然を相手にしながら身につけていった〝人生哲学〟のようなものがあったのでしょう。

体力的にも子どもながらに「すごいばあちゃんだな」と思っていました。一緒に山菜を取りに山に入っても、

第4章 勝負の原点

勝っても謙虚で、負けても落ち込まない。ばあちゃんには勝負の王道を教わった

ばあちゃんについていけないのです。いい年をしたばあちゃんに、夕日ヶ丘で鍛えられたはずの私の足腰がついていけない。

鬱蒼とした森のなかを、ばあちゃんはズンズンと分け入っていく。周囲がどんどん暗くなると、幼い私としては怖くなります。必死についていくしかありませんでした。山菜取りでもかなり鍛えられました。

こんなエピソードもあります。小学生の2学年上にやんちゃな先輩がいました。ばあちゃんが生まれたころにあった6軒の家のひとつの子です。その子に本を貸しました。年末だったかな。我が家でその本のことが話題になっていたとき、ばあちゃんが「今年の貸し借りはないな？」というので、「〇〇くんに本を貸している」と言ったら、「返してもらってこい」。年上の、やんちゃな子だったから、嫌だなと思うのです。でもばあちゃんはキッパリと言います。「貸し借りは年の瀬までにきちんとしておかなきゃダメだ。行ってこい」。勇気を出して、彼の家に行きました。

そうしたら彼のおばあさんが出てきて、「〇〇、早く章に本を返せ」と叱られていました。子どもながらに「やばいな」と思うのですが、6軒時代からの付き合いですから、ばあちゃん同士も仲がいいわけです。通じている。そうして家に帰って、ばあちゃんに「返してもらってきたよ」と言っても特に何を言うわけでもありません。

そのときに勇気を出して言うべきことは言わなければいけないと学びました。たとえ相手が年上だったとしても黙っていてはいけない。伝えるべきことは年齢や立場に関わらず、しっかりと伝えなければいけないと、これもばあちゃんに教わりました。勇気をもって行動を起こせば、そのあとが清々しくなるのです。

私はばあちゃんにとっての初孫ではないのですが、本家としては初孫になります。父は7人兄弟で、上から女性が続いて父だったため、陸川家としては私が初孫になるわけです。そういうことも手伝ってか、かわいがってはくれましたが、甘やかされた記憶は一切ありません。

受け継がれる「燃える」血

厳しかった父と優しく我慢強かった母

父も厳しかったです。仕事を終えて帰ってきたとき、玄関に子どもたちの靴が揃っていなかったら怒られました。ゲンコツでコツンとやられることもありました。私には妹と弟がいるのですが、2人に「あんな怖い親父はいないよな」と言うと、2人とも「え、あんな優しいお父さんはいないよ」と返してきます。これも長男の宿命かもしれません。

そんな父に教わったこともあります。一度、私が「ダメだ」と言ったときです。何が原因だったのか、今となっては忘れましたが、諦めたくなる何かがあったのでしょう。そのときに言われました。

「ダメだと思ったらダメだわや」

さすがは親子です。ばあちゃんに通じるものを備えていました。だから今も「ダメだ」とは思えないのです。現役時代はもちろんのこと、コーチになった今も、勝っても奢れないし、負けても落ち込めない。諦めることもできない。そうすると、次に向かってやるしかないのです。「三つ子の魂百まで」と言いますが、まさに幼いころの教えが今の私をつくっているのです。

そうした2人に――もちろん母もいて、優しく我慢強い母を含めると実際には3人ですが――育てられたからか、負けず嫌いなところはあります。父と同じで短気な一面もあります。カッとなるというよりも、グワッと燃える気持ちが滾(たぎ)るのです。傍から見ている人もわかると思います。それくらい燃えるのです。

ただし、その感情に任せて暴れるようなことはあまりないと思います。いや、若いころはたまにあったかもしれません。それよりも「じゃあ、次にどうしたらいいんだ?」と考えるほうが多いように思います。

水泳の県大会でテレビニュースに

小学4年生になると、シーズンごとのスポーツに参加できるようになります。春はソフトボール、夏は水泳、秋は陸上競技で、冬はノルディックスキー。足が速いという理由でまず陸上部に呼ばれて、その後、ソフトボールと水泳も始めました。

水泳については当初まったく泳げませんでした。それでも泳ぎ方を教わって、夏休みにもプールに通って、いったい俺は何メートル泳げるんだろうかと挑戦したことがあります。みんながプールで遊んでいる中、監視員が休憩を告げるまでずっと泳いでいたら500メートルも泳げました。それがすごく自信になって水泳にのめり込んでいきます。5年生のときにはクロールを教わって、6年生のときは小学校代表として200メートルリレーの選手にも選ばれました。

ちょうどその頃、弟――のちにバレーボールの日本リーグでプレーする陸川隆――が心臓を悪くして、新潟大学医学部附属病院で手術をすることになりました。両親は弟の看病で新潟市に行っていたので、その間、家にいるのは私と妹とばあちゃんです。

毎朝ばあちゃんと田んぼや畑に行って、帰りがてら神社で「隆がよくなりますように」とお参りをしていました。その間、小学2年生くらいだった妹がご飯を作って、待っています。それをみんなで食べて、私は水泳の練習に行っていました。弟がよくなると思えば、そういう生活もまったく苦ではありませんでした。

水泳がおもしろくなってきたのですが、県大会につながる上越大会が水不足で中止になってしまった。がっかりしていたら、先生が「じゃあ、県大会に行くか」と言うのです。どうやら登録さえすれば県大会にも出られたようなのです。水不足が中止の原因だったから、その救済措置だったのかもしれません。

長岡市でおこなわれた県大会は、予選こそ振るわなかったのですが、何とか決勝に残りました。決勝レースが始まるまでの間、ウォーミングアッププールで泳いでいたら、どこかの選手が飛び込んできた。飛び込みが禁止されているのに、です。頭と頭がぶつかって、今思えば、軽い脳震盪のようなものだったかもしれません。ちょっとクラクラしていたのですが、先生から「大丈夫か?」と聞かれたら「大丈夫です、やります」と言うような時代です。今だったらアウトです。私が指導者でもやめさせます。

当時はそうした知識も情報のない時代ですから、先生に「よし、じゃあ、呼吸を数えたらいい」と言われて、

「1、2、3、ハァ〜」と呼吸を整えて、決勝レースに臨みました。呼吸が効いたのか、単に力が入らなかったのかはわかりませんが、無駄な力が抜けて、いい泳ぎができたのです。第二泳者でしたが、力のある第三泳者とアンカーの子がさらに頑張ってくれて、1位のチームと大接戦。結果は2位でしたが、地元のテレビでも報道されるほどでした。

中郷村のアベベ

陸上競技にも思い出があります。4年生からクロスカントリーでチャンピオンだったという話は書きました。実は作戦があったのです。当時はそんなことばかりを考えていたのです。

私以外にも足の速い子がいました。土方明人くんです。その土方くんの後ろをずっとついていって、最後の下りで一気に追い抜く。単純と言えば単純ですが、その作戦で2連覇を達成したのです。6年生のときは私が水疱瘡に罹り、残念ながら参加できなかったため、土方くんの優勝でした。

5年生でクロスカントリーの学年チャンピオンになったとき、先生から「陸川、走り高跳びに出ないか」と誘われました。クロスカントリーと走り高跳びがどうつながるのか、いまだにわかりません。が、大会に出場したらいきなりの2位です。

そうしたら6年生のときに「陸川、おまえ、1000メートルに出てみないか」と言われます。当時は一人一種目しか出られないルールがあったので、走り高跳びと迷っていたら、「いいか、陸川。1000メートルはマラソンと一緒で陸上競技の華だぞ。どうだ、1000メートル？　走ってみないか」。そういう言葉に弱いのです。まんまと乗せられてしまいました。

ただ、そこでまたおもしろい話になるのです。

1964(昭和39)年におこなわれた東京オリンピックのマラソン競技でエチオピアのアベベ・ビキラが優勝しています。アベベはその前回大会(ローマ大会)に裸足で走って、そのときも優勝しています。

私も普段から裸足で走っています。ただアベベが東京オリンピックでシューズを履いて走ったように、私たちも地区大会が近くなるとシューズを買うわけです。私も買いました。走りづらくてしょうがない。試合で走る直前に先生に言いました。「先生、裸足で走ってもいいですか?」。

人生で初めての1000メートルです。しかも周りの小学校からもそれぞれのチャンピオンが集まってきています。経験者だからペースを刻むことも知っています。自分のペースで走ることが大事だとわかっているわけです。合図と同時に走り出すのですが、ペースが遅い。いや、みんなからすれば様子を見るうえでベストなペースだったのかもしれません。でも私には我慢ができない遅さです。飛び出しました。そこから単独走です。

1人だけ、北海道から転校してきて、周りから「アイツは速い」と言われていた子が最後に追い上げてきました。私は前しか見ていないので気づきません。そうしたら応援に来ていた父が「章、後ろ、後ろ!」。それで気づいて、猛ダッシュです。競り合いながらも振り切って、ゴールしました。

優勝です。裸足で走って優勝したのです。それ以来、みんなから「中郷小のアベベ」と呼ばれるようになりました。

ちなみに一人一種目というのは間違っていたらしく、私はリレーにも出場しています。ここでも第二走者です。2位でバトンを受けて、1位にしてバトンを渡し、そのまま優勝。6年生のときは2冠です。私の陸上競技はそこが一番の華だったと思います。

オリンピックに出たい

自慢するわけではないのですが——ばあちゃんに叱られますから——ノルディックスキーでも小学生のときに、なぜか日本代表のジュニア合宿に呼ばれています。夏です。長野県にあるナショナルトレーニングセンターみたいなところに全国から選りすぐりの選手が集められて、めちゃくちゃ走らされました。「こんなことやっていられない」と思うほど、トレーニングをさせられましたが、特に花を咲かせることなく終わります。

当時の中郷小にはバスケットやサッカーなどの競技はありませんでした。それらがあれば、もっとおもしろかったのかもしれませんが、ソフトボールしかなかった。「巨人・大鵬・卵焼き」が流行語にもなった高度経済成長期の真っ只中です。長嶋茂雄さんや王貞治さんの大活躍に多くの子どもたちが歓声を上げているなか、私には野球が響きません。だからソフトボールも、水泳や陸上競技ほど燃え上がるものがなかった。

それよりも「オリンピックに出たい」という思いのほうが強かったのです。夢はオリンピックに出場することでした。野球がオリンピック競技でなかったことも、あるいは響かなかった理由かもしれません。

オリンピックに出たいと思ったのには理由があります。実は中郷小学校の卒業生で冬季のオリンピックに出場された方がいるのです。宮尾辰男さん。クロスカントリースキーの選手です。１９５６（昭和26）年にイタリアで開催されたコルチナ・タンベッツオオリンピックに出場しています。その石碑が夕日ヶ丘に建っているのです。

「俺もオリンピックに出たい。そして宮尾さんの石碑の横に俺も石碑も建ててもらいたい」

そんな夢を抱いていました。何の競技でもいいからオリンピックに出たい。バスケットボールの「バ」の字も知らない時代です。

記録は伸びずに身長が伸びた中学時代

中学は中郷村立（現・上越市立）中郷中学校に進学します。中郷中学の体育系部活動は陸上部と柔道部、野球部、卓球部、バレーボール部、体操部の6つです。そのうち男子が入れるのは陸上部、柔道部、野球部、卓球部だけ。あとは文化系部活動なので、4つの運動部から選ぶしかありません。陸上部を選びました。

小学生のころは頑張れば記録もどんどん伸びていました。それがおもしろくて、中学でも陸上部を選んだわけです。

ところが1年生のときに10キロのクロスカントリーがあって、脱水症状になってしまった。それまで1位で走っていたのにどんどん抜かれてしまう。そこで何となく「俺はそんなに速くないんだな」と思ってしまったのです。1000メートルまではチャンピオンでいられるけど、それ以上に長い距離は向いていないんだな。だからといって「ダメだと思ったらダメだわや」です。諦めることはしません。努力も惜しみませんでした。メインの種目にした400メートル走では新人大会で3位に入ったから、やはり自分に合うのは中距離だろうなと思うわけです。顧問の先生も「陸川、1年生で3位なんだから、ゆくゆくはチャンピオンを目指せるな」と言ってくれます。私もその気になって、夏は中距離の練習をし、冬はみんなで駅伝の練習に励みました。しかし最後まで結果はついてこず、結局1年生のときの3位が中学時代の最高順位です。

「おまえは記録が伸びずに、身長だけが伸びたな」

先生がそう言うように、163cmくらいで入学して、3年生の夏季大会では183cmに、卒業するときはさらに伸びて187cmになっていました。

身長についていえば、父が183cmくらいで、母が164cm前後だったと思います。じいちゃんが170cm

くらいで、ばあちゃんは140cm台だったのですが、聞くところによると、ひいじいちゃんが180cm近くあったそうです。その血を受け継いだのかもしれません。

憧れの3人

高校は新潟県立新井高校に進みます。そこでバスケットボールを始めるのですが、そこに至るまではちょっとした経緯があります。

小学生のとき「ミュンヘンへの道」というバレーボールのアニメがありました。バレーボール男子日本代表がミュンヘンオリンピックに向けて取り組む姿を描いたドキュメンタリーアニメです。オリンピックが大好きで、オリンピックに出たいと思っている少年ですから、その時間はテレビにかじりついていました。

松平康隆監督のもと、斎藤勝先生（東海大学名誉教授）がトレーナー――今で言えばストレングス&コンディショニングコーチ――としてさまざまなトレーニングを課していました。たとえば紐をつけたボールを振り回して、それを飛び越えながら適切に着地する練習や、逆立ちをして50メートルを歩く、バク転をする。パリ2024オリンピックの種目になった「ブレイキン」のような、背中で床をくるくる回るようなこともしていました。リズム体操みたいなものも取り入れていましたから、バレーボールに限らない、人間としてのさまざまな動きができるようにしていたのです。

当時としては画期的ともいえるトレーニングに魅了され、同時にAクイックだとか、Cクイックといった技も知って、ますます引き込まれます。

ただ中郷中学校には男子のバレーボール部がありません。だから陸上部に入ったのですが、最後まで記録が伸びていかない。高校はどうしようかと思い悩んでいたときに、たまたま中学の女子バレーボール部の先生と話す機会がありました。「新井高校に行きます」と伝えると、その先生と新井高校の男子バレーボール部の先生が仲良くて、「じゃあ、新井高校でバレーをやれよ。先生に言っておいてやるから」と言ってくださった。私も「はい」と答えました。

ところが、です。時間軸は入り交じるのですが、中学2年生の秋から3年生の秋にかけて「俺たちの旅」というドラマが放送されていました。中村雅俊さん演じる「カースケ」が大学のバスケット部でキャプテンを務める青春群像ドラマです。

それにドンピシャ、ハマってしまった。エンディングで小椋佳さんが作詞作曲をした、ドラマと同タイトルの楽曲を中村さんが歌い上げる。それに合わせてカースケたちの日常風景が流れる。「ああ、俺もこうやって生きていきたいな」、すごく憧れました。いまだに「俺たちの旅」は歌えます。

「ミュンヘンへの道」もよかったけど、私のなかでは「俺たちの旅」が上回った。バスケットボール、かっこいいなぁ。

前記のとおり、オリンピックは大好きでしたから、夏季も冬季も関係なく、テレビでやっていれば、かじりつきます。大会後に発売されるオリンピックの雑誌も買って、やったことのないスポーツも「すごいな、すごいな」と言いながら、すべてのページを見ていたのです。

中学3年になった1976（昭和51）年はモントリオールオリンピックです。いろんな種目を見ていたのですが、目を奪われたのは女子バスケットボールの生井（なまい）けい子さんでした。本当にすごい方で、身長は160㎝ちょっとだったと思いますが、各国の大きな選手を相手にどんどんシュートを決めていきます。オリンピックの得点王です。

もうひとり、名前は忘れましたが、男子アメリカ代表のポイントガードに目を奪われました。決勝戦でユーゴスラビアと対戦するのですが、アメリカは彼のプレーコールからオフェンスが始まる。そしてサイズに勝るユーゴスラビアを破って、優勝するわけです。「かっこいいなぁ。バスケットってすごいなぁ」。

中村雅俊さんと生井けい子さん、そしてアメリカのポイントガード。その3人に惹かれて、私の頭と心のなかにくっきりと「バスケットボール」が刻み込まれます。

バスケットボール部へ

迎えた新井高校の入学式です。新井高校には普通科や工業科、商業科、農業科、被服科といくつかの学科があって、私は普通科だったので、その教室に行きます。そこで初めて会った同級生が、いきなり声をかけてきました。

「キミ、大きいね。何センチあるの?」

「うーん、中学卒業のときは187だったけど、今はもうちょっと伸びてっかな」

「おまえ、バスケ、やんない?」

声をかけてきたのは上越市立城北中学校出身の江向徳彦と島田透です。彼らは、商業科に入った中村吉隆と一緒に城北中学で「全国中学校バスケットボール大会」に出場し、ベスト8に入っています。

そんな経歴もあるから、高校でも全国へ、と思っていたのかもしれません。そこに190cm近い私を見つけ

高校でバスケットボールに出会い、その魅力にハマってしまった

て、声をかけてきたのです。

おまえ、バスケ、やんない？　と言われて、私も「え、バスケ？」となるわけです。脳裏にはカースケがいて、生井さんがいて、アメリカのポイントガードが浮かびます。すぐに断らなかったからでしょう。

「じゃあ、今日は練習がないから、次の練習からおいでよ」

「あ、うん。じゃあ、練習に行ってみるかな」

翌日だったと思います。「パウ」と呼ばれる陸上の短パンと、Tシャツ、ジョギングシューズを持って、バスケット部の練習に行きました。

最初にやったのはランメニューです。走ることには自信があったし、実際に負けませんでした。エンドラインからエンドラインまでは1位です。でも陸上競技には「止まる」という動作がないから、止まれません。往復となると、1位でエンドラインまで走ったのに、切り返しのところで最下位に落ちる。そこから追い上げるのですが、また次の切り返しで最下位へ。その繰り返しでした。

「バスケットって、なんてしんどいスポーツなんだろう」

それがバスケットボールとの出合いであり、第一印象でした。

しんどいけど、また例の3人が思い浮かんできて、バスケット部に入部を決めます。顧問の阿部忠孝先生に「1年の陸川章です。よろしくお願いします」と言いに行きました。

その日はたまたま男子バレーボール部の顧問の先生がいらっしゃらなかった。バレー部の先生は中郷中学の女子バレー部の先生から「陸川っていう大きい子が行く」と聞いていたのでしょう。翌日「おまえが中郷中学の陸川か」と声をかけられます。

「はい、陸川です」

「おまえ、バレー部に入るんじゃなかったのか？」

「あ……いや、先生、俺、バスケット部に替えました」

「ええ！」

入学式の日に江向と島田に声をかけられなければ、今の私はありません。

中村についてのエピソードもあります。

素人の私を鍛えてくれたのが中村でした。彼はやや大人びた顔つきで――わかりやすく言えば老け顔で、1年生のなかのキャプテンに命じられます。私のために練習メニューを組んでくれて、うまくできなければ怒ったりもしていました。高校時代は中村に一番怒られたような気がします。

いろいろなことを教えてくれるから、すっかり先輩だと思っていたのです。学科も違うし、クラスも違うので、部活動以外の学校生活で会うことはほぼありません。

1か月くらい経った頃でしょうか。「え、何だよ。中村、おまえ、俺と同級生じゃないか！」と気づくのです。

それまで「はい」と答えていたのに……中村と江向、島田は一生の友です。

体力を買われてスタメン出場も……

顧問の阿部先生も彼ら3人の入部と、素人ながら身長の大きな私も入ってきたので、本腰を入れてチームを強くしようとスイッチが入ったようです。日本体育大学出身なのですが、優しい先生でした。おおよそ私が知る日体大らしい怖さはありません。私たちが入るまでは厳しい練習も課したことがなかったそうです。

ところが我々の入部でスイッチが入り、厳しい練習を始めて1年が経つと、上級生が一斉に辞めてしまった。その変わりようについていけなかったのかもしれません。

入学したころは20名近くいた部員が、気づいたら10数名になっていました。

試合はというと、1年生の早い段階から起用してもらっていました。やはり190cm近い身長は阿部先生にも魅力的に映ったのでしょう。とはいえ、最初は残り時間1~2分程度です。そのわずかなプレータイムのなかでトラベリング、ファンブル、3秒ヴァイオレーション……ターンオーバーばかり。1試合で5つか6つ記録したこともあって、さすがに交代させられました。初心者によくあるパターンです。

それが徐々に3分になって、調子がいいときは5分くらい使ってもらえるようになります。

そんなときです。5月に「18キロマラソン」と呼ばれる校内マラソン大会がありました。初めはバスケット部のチームメイトとゆっくりと走っていたのです。バスケットの練習でも走っているのに、マラソン大会なんて真剣にやっていられない。そんな気持ちもあったのでしょう。

でも走っていると、どうにも心に火がついてしまって「俺、ちょっと先に行くよ」と、スピードを上げていきました。どんどん抜いていくわけです。前に一人走っている生徒がいて、「よし、最後にあいつを抜いて終わりにするかな」とスパートをかけたのですが、抜けません。そのままゴールしたら、その彼が1位でした。

つまり私は2位だったのです。

それを見た阿部先生が「なんだ、陸川は190cmもあって、あんなに体力もあるのか、すごいな」と思ったらしく、6月のインターハイ予選からスタメンで使うと言い始めたのです。人数が少なくなっていたことも、その理由だったのかもしれません。

スタメンになっても相変わらずターンオーバーばかりです。3秒ヴァイオレーション、トラベリング……前半からそれらをコールされるのですが、とにかく走れる。全力で走り続けて、前半だけで10点近く取っていたと思います。

ハーフタイムでベンチに戻ってきたとき、先生から「後半もいけるか？」と言われます。バテバテですから、「いや、もう無理です。いけません」

現在のような10分×4クォーター制ではなく、20分の前後半制です。ミスばかりしていましたが、とにかく20分は走り抜いて、私だけは一足先に「試合終了」です。

私が2年生になり、3年生が引退するとさらに人数が減りました。同期は先述した中村、江向、島田の他に、広瀬博、宮越和樹、鴨居和徳、そして一つ下に小島基浩、太田剛の9人になりました。その9人のうち、宮越、鴨居、太田と私を含めた4人が高校からバスケットを始めた素人です。9人ですから、5対5の練習もできません。先生が入って何とか5対5をするのですが、忙しい先生は毎回の練習に来られるわけではありません。練習のほとんどは自分たちでやっていました。

練習内容は、延々と3対3と4対4の攻防です。今でこそ練習に3×3を取り入れているところもあると聞きますが、当時はそのルールも整備化されていません。天然の3対3。そして、バスケットコート全面を使った4対4の攻防です。今思えばかわいそうなのですが、一つ下の太田がずっと審判を担当してくれました。

4対4のゲームはいつも白熱して、負けると悔しいから「もう一本」と言って、何度も繰り返していました。私は家から4キロの道のりを自転車で通っていたからよいのですが、電車で通っている人もいます。「もう、電車がねぇよ」と言っているのに、「もう一本だけやろう」とか言ったりして……楽しい思い出とともに、あの4対4で相当鍛えられたと思っています。

通学用の自転車はばあちゃんが買ってくれました。かっこよかったです。自宅から学校まではほぼ下り坂なので少し漕ぐだけでよかった。でも帰りはほぼ登りなのでしんどいのです。しかも4対4で疲れたあとに必死に漕がなければいけない。当時はまだ外灯のないところもあって、真っ暗な道を帰っていました。

まさかの国体選手に

そんな私が、高校2年生のときに国民体育大会（国民スポーツ大会）の新潟県少年男子チームのメンバーに選ばれます。バスケットを始めてまだ1年半くらいです。

新潟県選抜のコーチたちは何を考えていたのでしょう。おそらく阿部先生と同じように「大きくて走れる」ことが一番の理由だったのだと思います。そうだとしても、チームのなかでは間違いなく一番下手な選手です。ただ、当時の新潟県選抜には笠原成元先生――男子日本代表の元監督で、筑波大学なども指導していた名将――がアドバイザーとして入っていました。バスケットの質も、練習の強度も高い。フルコートプレッシャーディフェンスを敷いて、訳がわからないくらい走り回ります。そのスタイルに私の走力がマッチしたのかもしれません。

話は少し逸れますが、私の父は学ぶことが大好きで、本もよく読むし、それをノートにまとめたりもしていました。その血を受け継いだのでしょう。新潟県選抜に入ったときも、笠原先生の練習メニューや、そのときに自分が感じたことなどをノートにまとめていました。いわゆるバスケットノートです。

チームメイトの特徴や、ここでこう動いたらよくなるんじゃないか、この人はこういう特徴があるから、俺はこう動こう。小学生のときの「上り坂はついていって、下り坂になったら一気に抜こう」と一緒です。ずる賢さというか、個人的な戦略を立てるのが好きだったのです。それをノートにまとめていました。

そのノートの最後に書いてあったのが、北信越ブロックのミニ国体――国体の予選のことです。初戦の相手は石川県。負けました。結果としてその石川県が優勝するのですが、すごく悔しい思いをしたことを覚えています。しかも私は、2得点だったと思いますが、スタメンでした。

驚かれる読者もいるのではないでしょうか。背が高くて、走れるとはいえ、技術もなければ、経験もありません。そんな素人同然の私が国体のかかったミニ国体で新潟県選抜のスタメンに抜擢されたのです。周囲以上に、私自身が驚いていました。

今でも新潟県は開志国際高校を筆頭に、帝京長岡高校など全国的な強豪校があります。私たちのときは新潟市立白山高校（現・同市立高志高校）や県立新潟工業高校、県立新潟商業高校が強くて、その監督たちが新潟県選抜も束ねます。そこにアドバイザーとして笠原先生です。かなり力を入れていました。

練習は毎週末、新潟市内でおこなわれます。今と違ってホテルに泊まるという環境ではありません。新潟県バスケットボール協会の会長だった高橋照さんか、あるいは理事長（現在の専務理事）の丸山善夫さんの家に毎週末泊めていただき、高校2年、3年と新潟県選抜を経験させてもらいました。

メラメラとして初ダンクシュート

3年生のときは宮崎国体に出場し、3位になっています。準決勝の相手は秋田県、すなわち県立能代工業高校です。大学に入ってその存在を知るのですが、当時はプレーに夢中で、県立能代工業のことなどまるで知りません。私のなかでは秋田県と対戦して負けたという記憶が残っているだけです。

なかでも記憶に残っているのは試合前のウォーミングアップです。我々は懸命にウォーミングアップをしているのに、秋田県の選手たちは半分くらいが我々のほうをじっと見ている。チームメイトに「あれ、何やってんの?」と聞くと、「ああやって、威嚇しているんだよ」と言うわけです。「ふざけんなよ」と思って、バカーンとダンクシュートをしてやりました。

驚いたのは新潟県選抜のコーチたちです。

「陸川、おまえ、ダンクできたのか」

「あ、今、初めてやりました」

本当の話です。

ダンクシュートについては中村からも教わっていました。私は右利きなので、基本的には左足で踏み切って、ダンクなり、レイアップシュートに持ち込むほうが自然です。でも陸上競技で走り高跳びをやっていた経験から右足踏み切りのほうが飛びやすい。左足だとどうにもタイミングが合わないのです。だからそれまでは一度もダンクシュートができていませんでした。

それが「威嚇なんてしやがって」と思ったら、踏み切り足のことを忘れて、得意の右足で飛んでしまった。気づいたときには目の前にリングです。叩き込むしかない。そのとき「どっちの足で飛んでもいいんだ……」

と知りました。当時の私はそれくらいの知識しかなかったのです。

秋田県との試合は大接戦です。最後に私と秋田県選抜の加藤三彦――その後、県立能代工業の監督になり、現在は西武文理大学の教授――がダブルファウルになって、お互いにファウルアウト。そのままの点差で負けて3位です。

ちなみに決勝戦ではその秋田県が福岡県に敗れています。私たちも福岡県とは「当たるとしても決勝戦まではない」ということで事前に練習試合をしていたのです。そのときは15点差くらいで勝っています。準決勝で秋田県に勝っていれば、あるいは国体の優勝を経験できていたかもしれません。が、そんなことを言えば、ばあちゃんに叱られるでしょう。

新井高校でのバスケット戦績

新井高校での成績は2年生の冬が一番良かったです。いや、実際には3年生の冬に新潟県バスケットボール総合選手権大会で準優勝しています。しかし、それは社会人やクラブチームも参加している大会です。私たちも高校生活最後の思い出にと、軽い気持ちで出場していました。その気持ちの軽さがいいプレーを生み出したのかもしれません。高校生だけの大会として一番良かったのが、2年生の冬におこなわれたNHK杯でした。ベスト4まで勝ち上がったのです。準決勝の相手は翌年の全国大会でベスト4になる県立新潟商業です。そんなチームと戦えるレベルにまで成長していました。

その前年、阿部先生が自らの保険を解約して、栃木工業高校で夏合宿をしました。次の年も、春先だったかな、

高3の冬、高校最後の思い出に軽いノリで出場した新潟県バスケットボール総合選手権大会ではあれよあれよの快進撃で準優勝

その年の「春の選抜大会」、今のウインターカップが3月におこなわれていて、その大会でベスト4に入った県立岐阜農林高校で合宿をおこないました。そのときは県立岐阜農林高校に勝ったこともあります。「よし、今年はインターハイに行くぞ」。実現すれば、それこそ漫画「SLAMDUNK」の世界だったと思います。それくらい個性的で、おもしろいチームでした。

結局のところ、最後のインターハイ予選は準々決勝で堀之内高校と対戦し、20数点リードしていたのに追いつかれて、逆転負けです。残り7分で私がファウルアウトし、残り5分で中村もファウルアウト。大泣きしたことを覚えています。そこで新井高校でのバスケット生活は幕を下ろしました。

大どんでん返しで日体大へ

高校バスケットは引退しますが、次は大学進学です。阿部先生が日本体育大学（以下、日本体大）の出身なので、まず頭に浮かぶのは日本体大です。でもその厳しさを知る先生からすると、陸川のような純粋な田舎者で大丈夫だろうか？　という不安もあったようです。

そんなときに国体で3位になったものですから、いろんな動きが生まれてきます。

新潟県選抜のアドバイザーをされていた笠原先生は筑波大学の指導もされていました。現在の条件は異なると思いますが、当時は全国大会以上の大会でベスト4以上の成績を残していれば、推薦入試が受けられたのです。筑波大学は国立大学ですから学費も安い。それだけの理由で筑波大学を受けようという気持ちが芽生えてきます。

ただ上越のバスケットボール界をまとめている重鎮のような先生がいらっしゃって、私たちもお世話になっていたので、その先生に進路の報告に行かなければいけなかった。「筑波大学に行きます」と言おうと思ったら、その先生が「陸川、日本体大はこういうところで、こういうところがいいんだぞ」と話をされるわけです。30分後、私はその先生に言いました。

「先生、僕、日本体大に行きます！」

驚いたのは阿部先生です。筑波大学にもある程度の話を通していたので、その後処理が大変だったと思います。でもその重鎮の先生の話を聞いて、大どんでん返しで日本体大に行くことになった。これも運命だと思っています。

その後、新潟市内で国体3位になったことの表彰式があったときに、チームメイトから言われました。「陸川、おまえ、日本体大には行かないって言っていたじゃないか」。実は彼らと進路の話になったとき、みんなで「日体大は強いけど、練習が厳しいらしいから、やめておこう」という話をしていたのです。私も筑波大学に行くつもりでしたから、それに賛同していたのに、大どんでん返し。みんなからもそう責められても仕方がありません。

「決めたんだよ。行くんだよ」

そう突っぱねるのが精いっぱいでした。でも、それくらい重鎮の先生の言葉が響いたのです。その先生も県立高田北城高校を強豪校にして、何人かの教え子を日体大に送っていました。そのことは知っていたので、それほどの先生が言うのであれば、間違いないだろうと思ったのです。厳しさはあるかもしれないけど、日体大のバスケットに取り組む姿勢は本物なのだろう。実際、バスケットに向き合う姿勢については、日体大に進んで本当に良かったと思っています。

第5章 バスケを始めて5年で代表入り

凍りつかせた「ノシロコウコウですか」

日本体育大学（日体大）への入学試験についてはあまり記憶がありません。実技と面接だったと思います。実技はたしか1500メートル走で、走ることは得意分野ですから苦ではなかった。合格しました。

バスケット部には入学前の春合宿から参加することになっていて、早朝の電車で国鉄（JR）新井駅を出発します。たくさんの仲間が見送りに来てくました。バスケット部のチームメイト、学校のクラスメイト、先生まで。テレビドラマで見かけるシーンそのものです。「頑張ってこいよ」なんて声をかけられて、余計に意気に感じました。

春合宿は内海知秀さんが〝部屋長〟を務める部屋に寝泊まりをしました。のちにバスケットボール女子日本代表のヘッドコーチとしてアテネオリンピック（2004年）とリオデジャネイロオリンピック（2016年）に出場する名将です。当時は大学バスケット界きっての――日本リーグや日本代表でも大活躍する――トップクラスのシューターでした。

そのときだったと思います。代々木第二体育館で試合があるというので、内海さんに引き連れられて渋谷駅から歩いていきました。そのときにふと、前を歩く内海さんに聞いてしまったのです。

「内海さんはどこの高校出身なんですか？」

悪気も何もありません。本当に知らなくて、でも上手な先輩ですから、聞いてみたくなったのです。私がその質問を投げかけた瞬間、内海さんのすぐ後ろを歩いていた先輩たちが全員、一斉にバッと振り返ったのです。今でこそ違うのかもしれませんが、当時の日体大は上下関係の厳しさがありました。よくわかっていないとはいえ、新入生が4年生に質問をぶつけるなんてタブーです。しかも内海さんと言えば、大学バスケット界ではかなり名の知れた選手です。

振り返った先輩の一人が「おまえ、そんなことを……ノシロだよ、ノシロ」と声をひそめながら、教えてくれました。

「ああ、あの有名な能代高校なんですね」

「バカ、工業だよ、工業。能代工業！」

高校生のときはプレーすることに夢中で、県立能代工業すら知りませんでした。当時の日本バスケット界でトップを走る小野秀二さんも知らないし、北原憲彦さんや岡山恭崇（やすたか）さんも知りません。知っている有名なバスケットボール選手はモントリオールオリンピックで活躍した生井けい子さんくらいです。

話は前後しますが、高校生のときに国体の新潟県選抜に選ばれたことは記しました。その練習で自宅に泊めていただいていた当時の新潟県バスケットボール協会会長である高橋照さんと理事長の丸山善夫さんはともに明治大学出身です。なんとか陸川を明治大学に入れよう。そう思ったのでしょう。明治大学出身の北原さんに勧誘の電話をかけるように言ったのだと思います。高校生のときに北原さんから電話がありました。

受話器の向こうから、北原です、と名乗られて、明治大学の良さを滔々と語られました。でも私の頭のなかは「北原さんって誰だろう？」です。もちろんそんなことは言いませんでしたが、それくらいの高校生でした。だから内海さんのことも、当然と言ってはいけませんが、知りません。ただ運がよかったことに、内海さんは優しい方なのです。すごく優しい。そういった人柄は同じ部屋で寝泊まりをしているとわかります。だからつい聞いてしまって、周りを凍りつかせてしまいました。のちに一緒に日本代表としてのプレーする先輩、瀬戸孝幸さんからも「おまえなぁ……」とツッコまれたりもしましたが、今となってはよい酒の肴です。

日体大の厳格な寮生活

正式に入学した後は寮に入ります。バスケット部は「合宿所」と呼ばれるバスケット部だけの寮もあるのですが、そこに入れるのは2年生からです。今はそのスタイルではないそうですが、私が1年生のときはまず第一学生寮に入って、日体大の名物ともいうべき「エッサッサ」や「集団行動演武」を学びました。

集団行動演武の指導をされていたのが、日体大の水球部を公式戦376連勝というギネスブックにも認定されるほど強くした清原伸彦先生です。清原先生は日体大のバスケット部出身で、しかも私の高校時代の恩師、阿部忠孝（ちゅうこう）先生と大学時代の寮が同部屋で、仲も良かったそうです。偶然と言えば偶然です。「そうか、おまえが忠孝の教え子か」。初対面でいきなりガシッと肩を掴まれて「頑張れ」と言われたのを覚えています。

とにかく規律の正しい寮生活でした。太鼓が鳴ると部屋から素早く出て、2列に並び、1から順に点呼に応えていく。そして「はい、掃除を始めます！」。

部屋に入るときも、まずノックをして、「入れ」と言われたらドアを開け、「何号室の何々です。これこれの用事があってきました」。けっしてあってはならないことですが、当時は「また戦争が起こったら、自衛隊の次に国を守りに行くのは俺たちなんだろうな」と思うくらい、規律正しく、厳格な寮生活をしていました。

今となっては笑い話にもなりますが、当時はそれが当たり前でした。エッサッサの訓練が――練習ではなく、訓練です――朝の5時半くらいから始まります。授業が始まる前です。グラウンドに300人くらいが集まっておこなうわけですが、身長の高い私が全体の基準になります。私を基準にほかの学生たちが開いたり、縮んだりするのです。基準は動かなくていいのですが、「前列の基準が遅い！」と指摘されると、私も含めて前列のメンバーは400メートルのダッシュです。

エッサッサをご存知の方はわかると思いますが、力強い動きを、本気の力を込めておこなわなければなりません。なかでも「静止」と呼ばれる動きは生き地獄です。全身に力を入れたまま、動いてはいけないのですから……本当に苦しかった。

今から40年以上も前の話です。

寮の多くは4人部屋で、各部屋に2年生がいます。いわゆる部屋長です。原則的に1年生だけの部屋はないのですが、その年はたまたま2年生が少なく、私の部屋は1年生だけでした。ラッキーといえばラッキーです。バスケット部が3人と、バレーボール部が1人でした。

バレー部はエッサッサの前にも1年生に朝仕事があるため、起きるのが少し早い。そのため彼が部屋を出るときに起こしてくれるので、私たちもそれを習慣にしていました。ある日、バレー部の彼が急な呼び出しを受けて、我々を起こす間もなく、部屋を出ていきました。起こしてもらえると思っている私たちは寝たままです。たまたま1人が目を覚まして、時計を見たら……「やばい、起きろ、大変だ！」。エッサッサの時間を過ぎていました。

私以外の2人は「逃げよう」と言います。大変なことになる。そのとき私の脳裏に浮かんだのはばあちゃんの顔でした。逃げられない。逃げても俺には帰るところがない。「謝りに行こう」。厳重な注意を受けました。

そんな日々を送っていました。

なぜか日体大でも1年生で1軍に

日体大のバスケット部は当時400人くらいいました。各学年100人くらいです。ただ上級生になり、アルバイトをするなどで練習にも顔を出さなくなる先輩もいたようです。

当時のチーム編成は1軍と、2軍がAとB、3軍が1班から4班に分かれます。2年生から入れる合宿所は1軍と将来的な幹部生、つまり2軍と3軍のヘッドコーチを務める学生です。加えて学連とマネージャー、合宿所長が入れます。日体大のなかではエリートと呼ばれる面々です。

私はなぜか1年生のときから1軍に入れてもらっていました。なぜだったのか、いまだにわかりません。おそらく身長も高いし、国体でも3位入賞しているから、試しに入れてみようと思ったのでしょう。

ただ当初は、寮で同じ階（6階）にいる同級生たちにも信じてもらえませんでした。入学したときに「キミ、でかいね。何センチあるの？」と、高校の入学式と同じようなことを聞かれます。そのときは197㎝くらいでしたから、そう答えたら「1軍に行けるかもよ」と言うのです。すでに1軍で練習をしていたので、「いや、1軍だよ。春から1軍で練習しているよ」。

「ええ、高校はどこ？」

「新井高校」

「ええ、知らないなぁ……」

「え、知らない？　女子のノルディックスキーは全国優勝もしているよ」

スキーの話ですから、それこそバスケット部の学生にはわかりません。

「本当に1軍かよ？」と懐疑的に見られていました。後日、その彼らが体育館2階のギャラリーから1軍の練習を見ていたらしく、「あ、本当だ。本当に陸川は1軍なんだ」。そこから寮の1年生たちがすごく応援してくれました。国体こそ出ていますが、インターハイにも、春の選抜大会（現・ウインターカップ）にも出たことがありません。そんな無名選手が、当時の学生バスケット界ではトップを走る日体大の1軍に、1年生で入っているのです。キャッチコピーに「下町のナポレオン」とついたお酒がありますが、そんなイメージで僕を「俺たちの代表だ」とすごく応援してくれたのです。

1軍の練習は本当に厳しかったです。その分、先輩方とも連帯感を得られて、みんなで厳しい練習を乗り越える同志のようにもなっていました。

一方で厳格な上下関係もありましたから、私がゴール下のシュートをポロポロと落としていると、「おまえ、いい加減にしろよ」と怒られます。そうして、みんなでダッシュです……。

2年生になると、超がつくほど厳格な寮生活を終えて、そうした先輩方との合宿所生活が始まります。しかし合宿所内ではまた一番下からのスタートです。何かあれば集合をかけられ、厳しい指導を受けていました。

燃える雑草魂と失恋

1年生で1軍に選ばれたのは私だけではありません。県立能代工業の斉藤慎一と本間大輔、明治大学附属中野の海老原敬三もいました。彼ら以外にも2年生までは飯沼加寿夫と打江謙二もいました。彼らは3年生になってから、飯沼は2軍A班のトレーナー（コーチ）に、打江はチームの副務（マネージャー）になっています。西尾末広先生から彼らの将来を見据えて依頼されました。本意ではなかったと思いますが、彼らのようにチームのために異なる道に進む仲間もいました。そのなかで私は1軍に残り続けます。

当初は同じ1軍の同級生でも相手にしてくれません。斉藤と本間、海老原は高校生のときから注目されていた、いわゆるスター選手です。雑草の私には目もくれていなかったのでしょう。その後、本間が声をかけてくれるようになるのですが、彼が話す言葉は能代弁です。何を言っているか、まったくわかりませんでした。

ただ私は負けず嫌いです。高校のときどれだけの成績を収めていたか知りませんが、彼ら3人に対してメラメラと心を燃やしていました。ポジションは関係ありません。とにかく「今に見ておけよ。今は俺が一番下手かもしれないけど、絶対に負けねぇからな」と闘志を燃やしていました。とりわけ走ることだけでは絶対に負けてはいけないと思って、常に全力で走っていました。

そんなときです。高校のときからお付き合いをしている女性にフラれました。ヤヨイちゃんです。今でこそLINEという無料の通話アプリがありますが、そんなものはありません。携帯電話もありませんし、第一学生寮の公衆電話は簡単には使えません。基本的な通信手段は手紙です。ヤヨイちゃんはすごくこまめに書いてくれていたのですが、私は1ヶ月に1回返すかどうか。1年生の夏に別れの手紙が届きました。

同じ寮のバレー部の子も遠距離恋愛をしていましたから、彼に「読め」と言って読ませたら、一緒に泣いてくれました。恋愛ソングに出てきそうな話ですが、日体大の大男では画になりません。

当時の日体大は清水義明先生が監督で、アシスタントコーチに西尾さんがいました。西尾さんはアメリカのケンタッキー大学にコーチ留学していたこともあって、日体大のバスケットスタイルでもありましたが、とにかく走る練習ばかりです。どう控えめに書いても、きつい。

そんなときの別れの手紙だったので泣きながらも力に変えました。きつくなったときに思い出して、うわーと声を出しながら走るのです。チームメイトは、先輩たちを含めて、もうバテバテです。そんなときに私が叫びながらスピードを上げるものだから、周りからは「なんだ、こいつは」と思われるし、清水先生や西尾さんも呆れながらも笑っていました。

ちなみに、東海大学の監督になって学生たちにこの話をしたら、その日から数日間、「ヤヨイ〜」と言いながらダッシュをしている選手がいました（笑）。

加藤廣志先生とユースチーム

1年生のときの4年生には内海さんがいて、そのひとつ下に瀬戸さん、もうひとつ下に永井雅彦さんらがいました。いずれも後の日本代表に選ばれる錚々たるメンバーが日体大にはいたわけです。

当時の関東の大学バスケットは「東京リーグ」と「関東リーグ」に分かれていました。「東京リーグ」には、いわゆる六大学と拓殖大学、日本大学です。日体大は「関東リーグ」の所属で、ほかに筑波大学や専修大学、大東文化大学などがいました。私が3年生のときにその2つが統合されて、今のような形になっていくのですが、1年生の頃は関東リーグ所属です。

関東リーグでは断トツの強さでした。争うのは筑波大学くらいだったと思います。それ以外の大学とは、こう言っては失礼ですが、1年生にもチャンスが与えられるくらいの差がつきます。1年生でも、秋くらいになれば、大学間の力関係も理解してきます。

寮を出る前に寮長に「今日は10点取ってきます」と言って、本当に10点を取って帰ってくる。「今日の相手はいつもよりチャンスをもらえそうだから、20点を取ってきます」。本当に20点を取るわけです。清水先生や西尾さん、周囲からも次第に「陸川は何かしそうだな」と思われていたのでしょう。

そんな1年生の終わりごろ、県立能代工業の加藤廣志先生が監督で、県立岐阜農林高校の荒井強平先生と福岡大学附属大濠の田中國明先生がアシスタントコーチを務めるユースチームが組まれました。今でいえばU18日本代表でしょうか。加藤先生が見られるわけですから基本的には県立能代工業の選手が中心です。ただ大学1年生までが出場要件を満たしていたようで、同校出身の斉藤と本間はもちろん、明大中野出身の海老原と、なぜか私も呼んでいただけたのです。ユースチームではありますが、人生初の日本代表入りです。

国内で強化合宿をして、タイでおこなわれたアジアユース大会にも出場しました。これまた人生初の国際大会です。ファウルの連続でした。がむしゃらにプレーしたら、そのほとんどがファウルの判定です。試合後のミーティングが終わると、大将——加藤廣志先生の愛称——が「陸川だけ残れ」。1対1になったところで、私の頬にスッと手を当てて、指をひとつずつピタピタピタピタ——「次の試合ではファウルをしないように」。静かに、しかしどこか厳しさを含んだ声で言われました。あのときの大将の指の冷たさは今も忘れません。

その後も大将はインカレやリーグ戦の決勝戦などをよく見に来られていました。すると県立能代工業のOBである内海さんや本間たちが挨拶に行くわけです。私もついていっていました。県立能代工業出身ではないけれども、ユースでお世話になっているし、あのときの指の冷たさを知っていますから。

この「大将」こと加藤先生との縁は、その後もさまざまな形でつながっていくのですが、そのときはまだわかりません。ただ本当によい経験をさせてもらったと思っています。中国やフィリピンなど、自分よりも大きな選手と対戦することができたのです。大学1年生のときの経験としては一番貴重なものだったと思います。

初めてのインカレ

アジアユースから帰ってきたら、大学として残しているのはインカレです。そこにアジアユースを経験してきた4人が入りました。バスケ歴わずか4年の私が、1年生でいきなりインカレのベンチに入ったのです。

当時のインカレは、ブロックごとにトーナメントをおこない、最後が決勝リーグでした。予選ラウンドの最終戦で法政大学に勝って、決勝リーグ進出を決めています。その試合で少し使ってもらって、決勝リーグでも同じように少し使ってもらいました。

拓殖大学との対戦では池内泰明さんと初めてマッチアップしました。池内さんは得点王を獲るなど、その才能を開花させようとしている時期です。30秒くらいだったでしょうか、マッチアップして、池内さんにチャージングをして、ベンチに戻りました。悔しい気持ちもありましたが、周囲からは「でもいいじゃないか、あの代々木第二体育館で自分の名前を、たとえファウルだったとしてもコールされたんだから」と言われたことを覚えています。

インカレの最終戦は日本大学との対戦でした。

その頃の私はすでに2メートルくらいありましたが、当時の大学バスケット界には、それくらいのサイズの選手は他にもいました。その一人が日大の影山仁志です、影山は2メートル10センチくらいあったかな。その影山もすでに起用されています。

影山とは高校生のときに国体でも対戦していて、負けていません。でも彼はインカレのコートに立っていて、私はベンチです。出たいと思っていましたが、結局出られず、試合も負けました。日大のゾーンディフェンスを攻略できずにインカレ準優勝で終わったのです。

細島繁さんの抜擢で5か国遠征へ

大学時代を振り返ったとき、大将の冷たい指と合わせて思い出されるのが日大の監督だった細島繁さんの存在です。私の恩師は日体大の清水先生と西尾さんですが、細島さんには感謝してもしきれないほど、お世話になりました。

2年生のときです。清水先生が男子日本代表のヘッドコーチに就任されて、日体大のヘッドコーチを西尾さんが務めることになりました。西尾さんは何を思ったのか、私をスターティングメンバーに抜擢します。春のトーナメントこそ勝てませんでしたが、秋のリーグ戦とインカレは優勝しました。

そうして3年生になる直前、3月に日本学生選抜が東南アジア5か国を回る遠征が組まれます。国際交流基金が主催する大会で、フィリピンとインドネシア、マレーシア、タイ、ミャンマー（当時はビルマ）の5か国を1ヶ月くらいかけて回るものでした。

その選考を兼ねた強化合宿に呼ばれました。どちらかと言えば、怪我人が多くて、練習の人数合わせで呼んでいただいたようなものです。しかしその後も怪我人は戻らず、むしろ計算していた選手さえも怪我をして、どんどん候補メンバーが減っていきます。そこで日大の細島さんが「日体大の陸川はサイズもあるし、練習でもよく頑張っているから、練習生という形で入れてみてはどうか」と言ってくださったようなのです。

学生とはいえ、年代の日本代表候補に選ばれるような選手たちばかりですから、技術的にはうまい選手たちばかりです。ただ当時の学生の風潮として、どこか覇気がない。新しい年度が始まる前だし、A代表につながるようなチームでもないから気持ちが入らなかったのでしょう。その場をうちのばあちゃんが見たら、おそらく全員が喝を入れられたと思います。それくらいの雰囲気です。

ばあちゃんの教えを受けてきた私ですから、そういう姿勢や空気が大嫌いです。どんなに小さい大会であろうと、プレーすると決めた以上、声は出すし、下手でも一生懸命に練習もしていました。怪我人が続出したこともあって、12番目の最後の枠に私を入れてくださったのです。

最初に訪れたのはフィリピンです。フィリピンはかつてアメリカが統治していた時期もあり、米軍基地もあったため、アメリカ人の2メートル超えの選手がいました。プロチームでしたから、単なる外国籍の選手だったのかもしれません。詳細はわかりませんが、その選手が荒っぽいプレーをするのです。バスケットでは畳んだ肘を相手に向けて振り回すことも、ましてやそれをぶつけることも世界共通のルール違反です。それを審判の見えないところでしています。

序盤はベンチの端に座って「ファウルだろ!」くらいだったのですが、徐々に熱くなってきます。「おい、ファウルだろ。何だよ、あれは!」と立ち上がっていました。

コート上の日本の選手たちはどこかそれを恐れているようでもありました。日本リーグでも外国籍選手のいないチームがあった時代です。大学バスケット界にも、現在のような留学生はいませんから、怯んだとしてもおかしくはありません。案の定、1学年年下の大野和也が怪我をして、退場となります。そのまま日本に帰国してしまうほどの怪我でした。

負傷退場となれば、細島さんも交代選手を出さなければいけません。私はベンチの端から顔を出して「俺を使ってください」アピールです。それを見た細島さんが「よし、陸川、行こう！」。

コートに立つと、池井戸潤さんの小説に出てくる半沢直樹が言った「やられたら、やり返す。倍返しだ」です。もちろん肘を使うようなことはしません。相手のそうしたラフプレーにも怯むことなく、ルールに則って体を当て続けました。ガツンガツンとやりあって、20点取りました。チームも勝って、翌日の現地の新聞に載ったほどです。

それ以降、遠征が終わるまで、全試合でスタメンです。ゲームに出れば出るほど、どんどん調子がよくなっていって、最後はタイだったか、ビルマだったか……国は定かではないのですが、食あたりになってしまった。そのときはさすがにきついと思いましたが、遠征そのものはすごくよい経験ができたと思います。

バスケ歴5年の日本代表選手

5か国遠征から帰国して、3年生になった夏、「キリンワールドバスケットボール」という国際強化試合が国内でおこなわれました。これは年齢制限のない日本代表、いわゆるA代表の試合です。日本代表を率いるのは日体大の清水先生です。このとき10人は日本代表のコアメンバーを入れて、あと2人は将来のために学生を入れようという話になったそうです。

当初は中央大学の田中健さんと日体大の永井さんで決まっていたようです。しかし田中さんが何かの理由で辞退することになり、筑波大の加藤千豊さんと入れ替わった。永井さんもちょうどその時期が教育実習と重なってしまったのです。辞退することになって、さあ、あと1人、どうするかという話になります。できればビッグマンを入れたい。会議でまたしても細島さんが言うのです。

「陸川はどうだ。バスケットはうまくないけど、国際ゲームには強いぞ。絶対にファイトするし、戦えるぞ」

誰も私の名前が挙がるとは思っていないから、驚きます。でも細島さんのその一言で大学3年生のとき、初めてナショナルチーム（日本代表）に選ばれました。バスケットを始めてわずか5年ちょっとで代表入りです。

あのときのキリンワールドはフランスと西ドイツ、ケンタッキー大学との対戦でした。初戦はフランス戦。場所は横浜文化体育館です。２０２４年に横浜ＢＵＮＴＡＩとして生まれ変わりましたが、その前の体育館で日本代表デビューを果たします。

25点くらい負けていたでしょうか。残り3分、清水先生に「陸川！」と呼ばれて、コートに立ちました。岡山さんがリバウンドを取った瞬間、全力でダッシュです。そこにガードの中島康行さんが絶妙なパスを出してくれました。レイアップシュート。25点くらい負けているのですが、一人でガッツポーズをして盛り上がっていました。そんなシュートを2本連続で決めたのです。

宿舎に帰ったらＮＨＫのニュースでその試合のことが流れています。使われているシーンは私のレイアップシュート。アナウンサーが言いました。

「陸川の活躍むなしく、日本はフランスに敗れました」

そこから清水先生も起用してくださるようになります。3チームと2巡し、ケンタッキー大学との1試合だけ30秒くらいの起用で無得点に終わりますが、それ以外はすべて得点を決めました。西ドイツ戦は10得点だったと思います。

とにかく気持ちだけでした。絶対に得点を取ってやる。ファウルを誘ってフリースローでもいい。とにかく得点を取ってやる。その気持ちだけで臨んで、結果をつかみ取ったのです。

のちに、このキリンワールドとは別の大会でオーストラリアのチームと対戦したとき、相手にアメリカ人が2人いました。身体能力の高い選手です。その選手を抑えて、逆に得点も取っていたら、瀬戸さんに「おまえ、すごいな。なんで、そんなことができるんだ？」と聞かれたことがあります。私の答えはいたってシンプルです。

「いや、絶対に負けないっすよ」

根拠なんてひとつもありません。とにかく「負けない！」。その気持ちしかありません。たとえ相手がバスケットボールの神様と呼ばれたマイケル・ジョーダンでも同じです。とにかく目の前にいる選手に「絶対負けない」。たとえやられたとしても、最後は声だけでも負けない。そういう気持ちでプレーしていました。

さらに数年後、小浜元孝さんが日本代表の監督を務めているとき、若い選手にこんなことを話していました。

「このなかに声の大きさだけで日本代表に入ったヤツが2人いる」

瀬戸さんと目が合って、「ん？　俺たちのことか？」と笑っていました。時代錯誤と言われるかもしれませんが、声の大きさだけでも負けないと思い続けることで拓ける道はあるのです。

東海大学で監督を務めるようになって、怒ることはしませんが、こうした精神論は必ず説いていました。特に国を代表して戦うような試合、最近で言えばWUBSは監督をしていてもとても楽しい。絶対に負けないぞという気持ちがいつも以上に燃えてきます。

それがまたインカレに向かっていく推進力にもなりますし、チームとしてすごくよくなっていきます。

話をキリンワールドに戻せば、もちろん気持ちだけでどうにかなるほど甘い世界ではありません。がむしゃらに動いたからといって、簡単に得点が取れるような相手ではないのも事実です。そこは私なりの工夫をしていました。当時は現代バスケットのように詳細なスカウティングレポートがあるわけでもないので、ベンチスタートの私はとにかくゲームを見るしかありません。相手の特徴を見て、どういうプレーをするのかを考えていました。

「この選手の身長はだいたい何センチくらいだから、俺のほうが大きいな。高さのミスマッチを突こう」

「この選手はあまり足が速くないから、スピードのミスマッチを突こう」

シンプルと言えばシンプルですが、相手の弱いところを突いていく。オフェンスでも、ディフェンスでも、そこで絶対に負けない。

東海大学で私が目指したのは「負けないバスケット」です。勝とうとするのではなく、負けないバスケット。そのことを深く感じたのが大学2年生の後半から3年生にかけての約1年でした。

最後のインカレ

大学4年生のときも日本代表に選ばれました。その年は12月に香港でアジア選手権（アジアカップ）がおこなわれています。ロサンゼルスオリンピックのアジア予選です。決勝戦で中国に敗れて、オリンピック出場は叶いませんでした。

夏以降、強化合宿や遠征などが続いていたので、大学の秋のリーグ戦には出場できませんでした。日体大からは私と斎藤が日本代表候補選手に選ばれていたので、2人を欠くことになるのですが、日体大はリーグ戦を優勝しています。

香港から帰国したのはインカレが始まる1週間前です。疲労がなかったわけではありません。しかし大学の仲間たちが練習でガンガン走っている姿を見るとむくむくと元気が出てきます。

当初、西尾さんは私をバックアップで起用しようと考えていたそうです。チームは私たち抜きでリーグ戦を制していますし、アジア選手権での疲労なども考慮してくださったのだと思います。ただ、当の私はチームメイトに触発されて、元気に走り回っている。西尾さんは悩んだ末にインカレのスタメンは「やはり陸川で行こう」と決断します。

当時の日体大は昔ながらというか、使うと決めたら基本的には40分の出場です。大差がつけば違いますが、そうでなければプレータイムは40分が通常でした。それに対して私の日本代表でのプレータイムは15分から20分あるかどうかです。その状態で戻ってきて、1週間後には倍に増えるのですからバテバテです。

その年のインカレも決勝リーグ戦形式だったため、最終戦の日大戦はそれまでの疲労も重なってバテバテどころの騒ぎではありません。

しかも日大には影山がいます。彼とのマッチアップでもまともについていけず、負けてしまいました。あのときほど悔しい思いをしたことはありません。さすがに泣きました。自分の不甲斐なさを感じ、自分を責めました。

冷静になって思い返すと私もどこかで思い違いをしていたのだと思います。アジア選手権を戦ってきたのだから体力的にも問題はないだろうと考えていたのです。一般的な体力と、バスケットをプレーする「ゲーム体力」は異なります。ゲームで得られたプレータイムにゲーム体力は比例していくものです。アジア選手権で20分程度だった私に40分を戦うゲーム体力は備わっていなかった。そのことを痛感しました。

それからの1ヶ月はあんなに落ち込んだことはないと言えるほど落ち込みました。チームは私たち抜きで秋のリーグ戦を優勝しているのに、私たちが戻ってきたインカレで負けたわけですから責任も感じます。

私が日体大に入って、1年目のインカレこそ準優勝でしたが、そこから2年間は負けていません。厳密に言えば、2年生のときの春のトーナメントでは負けています。2位だったか、3位だったか、記憶は定かではありませんが、負けました。その年の夏合宿は、西尾さんがこれでもかというくらい追い込んで、私たちも「これだけ練習して勝てなかったら損だよな」と思うくらい走りました。そこから負けなしです。3年生のときは一度も負けなかったし、4年生になってからも私と斎藤抜きのリーグ戦では負けていない。

当然、自分たちの代でインカレ3連覇を目指そうと思ってもおかしくありません。全国的にも関東の大学が優勢を誇るなか、そのリーグ戦で優勝しているのですから、十分に視野に入ります。その結果が敗北です。インカレでの3年ぶりの負けが最終戦の日大戦だったのです。合宿所に戻った後も沈んでいました。

しかし捨てる神あれば拾う神ありです。そんなときに実業団と学生による「実学オールスター」と呼ばれる大会が1月におこなわれたのです。今で言えば、Bリーグ選抜対大学選抜のようなゲームです。

そのとき西尾さんが「もういいじゃないか。バスケットを楽しもう」と言ってくださった。鬼のような西尾さんがそんな言葉をかけてくださって、凍りついていた心が少しずつ溶けていきます。

実業団の1部の選抜チームと、2部の選抜チームとの連戦でした。初戦は2部の選抜チームとだったのですが、三菱電機にジェームス・ウィルクスというアメリカ人がいて、惨敗です。

そうしたら日本代表の強化部長を務めていた加瀬正巳さんがダーッとロッカールームに入ってきて、学生たちを「全然気持ちが入ってないじゃないか！」と叱りつけるのです。

気持ちが入っていない？　そう言われると燃えてくるのが私です。つい数日前までどんよりしていた気持ちがどこかに吹き飛びました。見ておけよと、吹っ切れたのです。

2戦目は実業団1部の選抜チームとの対戦です。大接戦。最終的には負けたのですが、また加瀬さんが来て

「これだよ。こうやって戦うんだよ。陸川、よかったぞ」なんて言ってくれて……あの実学オールスターで吹っ切れました。

それでも私のバスケットボール人生のなかで一番悔しいのは大学4年生のときのインカレの敗北です。だから東海大学の監督になってから学生たちに話します。

「いいかい、4生のときに勝つことだよ」

自分たちが4年生のインカレで勝つこと。そう説くのは私自身の悔恨が40年近く経った今も心のなかに澱として残っているからなのです。

インカレ敗北の裏で

話は前後しますが、インカレの敗北にはちょっとしたエピソードもあります。

当時の日体大は強固な縦社会です。ユニフォームは2年生が持ってくることになっていました。我々4年生のバッグに入っているのは自分のシューズくらい。斉藤がキャプテンで背番号4、私は副キャプテンで背番号5、海老原が6、本間が7。

ここまで書けば、勘のよい方はお気づきかもしれませんが、2年生がそれらのユニフォームを忘れてきたのです。日大戦の日です。

現地は大騒ぎです。どうする？　取りに帰っても試合時間には間に合わない。基本的にはアウトです。試合には出られません。日大の監督をされている細島さんに相談をしたら、「斉藤や陸川のいない日体大に勝っても、それは優勝とは言えないから出ていい」と言ってくださったのです。その代わり、その日に私たちが着るユニフォームを当初着る予定だった選手は出られない。それでよければ出ていいと言うのです。男気です。

私は日本代表でも背番号14をつけているので、背番号にはまったくこだわりがありません。でも選手によっては思い入れもあります。どこかいつもと違う力が入っていたし、私は体力的に持たなかったし、負けるべくして負けました。

でも誰もそれを言い訳にはしなかった。俺たちが悪いんだ。とりわけ私は「俺が悪かった。俺のせいだ……」と落ち込んでいくのです。

12月でしたから授業もありません。年明けに天皇杯もありましたが、パッとしませんでした。記憶にもないくらいですから、ファイトできていなかったのだと思います。それが西尾さんの「楽しめ」と、加瀬さんの叱咤でよみがえっていきます。2人の言葉は大きかったと、今でも感謝しています。

第6章

入社8年目で
初優勝＆MVP獲得

紆余曲折を経て日本鋼管へ

日本体育大学を卒業した私は日本鋼管（現・JFEスチール。以下、NKK）に入社します。日本リーグの1部に所属している鉄鋼メーカーです。

この入社については、おもしろいエピソードがあります。

当時、日体大の総監督だった清水先生が「陸川、どこに行きたい？」と聞いてきました。一足先に同じく日本リーグに所属する日本鉱業に入社していた内海さんや瀬戸さんからも誘いを受けていて、日本鉱業がいいかなと思っていたので、それを清水先生に伝えました。

でも私が4年生のときに日本鉱業のコーチを務めていた阿部成章さんが解任されることになったのです。清水先生は阿部さんと懇意にされていたこともあって、私の日本鉱業入りがなくなってしまいました。

そんなときに東芝（現・川崎ブレイブサンダース）の監督をされていた奥野俊一さんが声をかけてくださいます。当時の東芝は日本リーグの2部でした。奥野さんと一緒に食事に行って、チャールズ・バークレーの写真を見せられます。

チャールズ・バークレーはNBAでも大活躍したパワーフォワードです。対戦こそしていませんが、カナダ・エドモントンでおこなわれたユニバーシアードで直接見ています。決勝戦でユーゴスラビアと対戦して、バークレーがパワードリブルをドンとしたら、相手の2メートル10センチくらいの選手が吹っ飛んでしまった。「こいつはすげぇ」。そう思っていたバークレーの写真を奥野さんが見せてくるわけです。

「こいつを獲るんですか?」

「いや、これから声をかけに行くんだ」

「本当ですか? こいつが来たら、絶対に優勝できますよ」

数日後、清水先生に呼ばれて、「おまえ、どこに行きたいか、決めたか?」と聞かれて、「東芝に行きたいです」と伝えました。しかし、先ほども書いたとおり、当時の東芝は日本リーグの2部です。清水先生としては1部のチームでプレーさせたい。「おまえの進路は俺が決める」と言われてしまったのです。

ちなみにいえば、結果としてバークレーは東芝には来ませんでした。ドラフト1巡目、全体5位でフィラデルフィア・セブンティシクサーズに指名されてNBA入りです。

私はといえば、NKKから声をかけていただいていたのですが、どちらかといえば私よりも清水先生に話を持ちかけていたようで、それでNKKに行くことが決まったのです。

今思えば、清水先生はバスケット界全体のバランスも考えたうえで私をNKKに送ったのでしょう。その選択は正しかったと思います。私自身もNKKでよかったと思っています。

チームとしてのバランスもよかった。北原さんがセンターでキャプテン、加藤伸樹さんというシューターがいて、私と同じパワーフォワードには武田和夫さんがいました。大塚弘之さんが全体のバランスを取るなど、日本代表クラスの選手も揃っていました。それでもチャンスがあると思っていたのでしょう。斉藤と一緒にNKKに行くことになったのです。

期待外れの新人

ＮＫＫに入社したときは松下電器が強かった時代です。リーグのＭＶＰを5回も受賞する「ラリーさん」ことラリー・ジョンソンがいて、クレアランス・マーチンというウェストケンタッキー大学出身のすごいセンターも入ってきた。強かったです。

ＮＫＫはまだ日本人だけのチームでしたが、日本リーグで3位です。その報告をしに、ＮＫＫの金尾實社長の部屋へ行きました。金尾社長はその年、日本バスケットボール協会の会長にも就任されている方です。

報告はスタメン5人で行こう。そう話し合って、北原さんと加藤さん、大塚さん、斎藤と私で行きました。ただ社長は日々忙しくされているため、誰が誰だかわかっていません。北原さんが「今シーズンは残念ながら3位でした」と伝えたら、こう返されたのです。

「今年の新人は期待外れだったな」

いい選手が入ると聞いていて、期待していたのだが、期待外れだったなと言うのです。目の前に新人の私と斎藤がいるのですが、まさかスタメンに新人がいると思っていなかったのでしょう。

コチンと来ました。負けず嫌いの炎がメラメラと湧き上がってくるのを感じて、「よし、見ておけよ」と思いながら、「失礼しました」と社長室を出ていったのを覚えています。よし、やってやるぞ。社長を見返してやるぞ。

そんな気持ちとは裏腹に周りのチームがどんどん補強を始めます。三菱電機（現・名古屋ダイヤモンドドルフィンズ）やいすゞ自動車、東芝、熊谷組もアメリカ出身の選手を加入させて、どんどん1部リーグに上がってきます。外国籍選手を獲らずに日本人だけで頑張っていたのはＮＫＫと住友金属だけでした。

そうはいってもNKKの選手たちも年齢を重ねてきています。北原さんと加藤さんが引退されて、高羽隆夫さんがキャプテンになりますが、そのときもまだ外国籍選手がいませんでした。

日本人だけでやっていても第3クォーターくらいまでは競り合うのです。とにかく粘って、粘って、でも第4クォーターの最後で力尽きて、負けてしまう。

実学オールスターの話も出てきましたが、三菱電機のジェームス・ウィルクスなんて、NBAを経験している選手です。兄弟で日本に来ていて、2メートルくらいあるのですが、何でもできてしまう。

そんな選手がいても途中までは競り合うのです。外国籍選手とマッチアップするのは私です。燃えます。負けないという気持ちで戦うから毎回大接戦です。でも最後は力尽きてしまう。ウィルクスも敵ながらあっぱれという感じで我々を見てくれていて、「NKKに外国籍の選手が入ったら絶対に強くなる。彼らはみんなガッツがあるし、ファイトする」なんてコメントをするわけです。うれしかったけれども、毎回負けっぱなしだから悔しさは募るばかりでした。

練習盛り上げ大作戦

負けて、負けて、負けて……それだけ負けが続くと、チームのなかに負け癖のようなものがつくのでしょう。練習をしていてもチームの集中力が欠けていくのを感じます。しかも練習内容がほとんど変わらない。マンネリです。ウォーミングアップをして、1対1、2対2、3対3、5対5……。

ある日のことです。前夜に塚本さんと渡辺浩二さんという日体大の先輩と3人で飲んでいました。「このままだとダメだね」という話になって、一計を図ります。練習メニューはほぼ決まっていますから、塚本さんに持ち掛けたのです。塚本さんは1つ先輩ですが、「塚ちゃん」、「リク」と呼び合う関係です。

「塚ちゃん、明日さ、2対2になったとき、俺がポストアップして手を上げるから、その手の先、ボールが取れるか取れないかのところにパスを出してよ。そのボールを俺は取らないから『それくらい取れよ！』って怒ってほしいんだ。俺も『そんなボール、取れるわけないだろ！　ここに投げてよ！』って言い返すから、それで喧嘩をしよう」

中心選手が喧嘩を始めれば、チームのなかに緊張感が走って練習の空気が変わるのではないか。安直で稚拙な考えかもしれませんが、それくらい「どうせ、日本人だけの俺たちでは勝てないよ」といった空気が漂い続けていたのです。塚本さんと私はそれを何とかしたかった。

翌日はやはりいつもどおりの練習メニューです。2対2になったとき、塚本さんと目配せをして、よし、やるぞ。私がポストアップ、塚本さんがパス――ところが、塚本さんのパスはどう考えても――私が思い切りジャンプをしても届かないくらいの高さに出したのです。私はまだ「塚ちゃん、ちゃんとここに出してよ！」と喧嘩のきっかけを作れます。でも塚本さんは「それくらい取れよ」とは言い返せない。それくらいとんでもないところにパスを出してしまったのです。「練習盛り上げ大作戦」と命名したその作戦は大失敗に終わりました。

でもチームメイトがその空気を悟ったのか、大爆笑です。チームの雰囲気がよくないからそんな作戦をおこなったのだと察してくれました。ある意味では成功と言えるかもしれません。塚本さんとはいまだにこの話が出てきます。

同じ土俵に立たせてください

当時は毎年ギリギリの戦いを強いられていました。1部リーグでも最終的には3つのグループに分けられます。1位から4位はプレーオフへ、5位から8位は残留、9位から12位は2部リーグの上位グループと入れ替え戦です。

実際、あとひとつ負けたら2部リーグとの入れ替え戦になるということもありました。最後にトヨタ自動車（現・アルバルク東京）やマツダと対戦して、どちらにも外国籍の選手がいるのですが、何とか勝って踏みとどまる。そんな時期が続きました。

あるシーズンの終盤にはスタメンの選手がユニフォームを忘れるという大失態をしたこともあります。Bリーグのようにチームで管理しているわけではないし、むろん昔の日体大のような下級生の管理でもありません。選手自身で管理をします。ずっとそうしてきたのに、よりによってスタメンが、それも1部残留か入れ替え戦かという大事な試合でユニフォームを忘れたのです。

日体大の後輩でもある大原則之と小川直樹を呼んで、普段はスタメンでない彼らに「今日はおまえたちで行くぞ。今日は絶対に負けられない試合だからな。やるぞ」。頑張ってくれたのですが、あと一歩届きそうにない。

ユニフォームを忘れた選手なんて試合に出す必要はないと思っていたのですが、状況が状況です。その当時のスタッフがその選手を出します。他の選手のユニホームに番号を刺繍して……負けました。

試合後、大事な試合に負けた後なのに、軽く「どんまい、どんまい」と声をかけてくる選手もいました。最近の言葉で言えば「ぶちキレた」といえばいいのでしょうか。自分の半生を振り返ってみても、あれほどまで感情的になってキレたことはないと思います。

試合の帰り道、集団の一番後ろをトボトボと歩いていたら、夏川知也という2メートルのビッグマンが「リクさん、どうしたの?」と話しかけてきたので、「ふざけるな! こんなチーム辞めてやる!」。沸々とした思いが溢れ出してしまったのです。

すると、チームで一番怒られている夏川が「リクさん」と言うのです。

「俺がそれを言うのであればわかるけど、リクさんがそんなことを言っちゃいけないよ」

そう言って、私を叱ってくれたのです。その一言で目が覚めました。

「そうか……わかった。それは俺が悪かった」

すぐに謝って、みんなでお酒を飲んで、水に流しました。そして電車で帰るときに部長に言います。

「同じ土俵に立たせてください」

NKKは日本リーグの中でもいわゆる名門チームのひとつで、会社のなかでも勝ち負けについていろいろと言われます。我々選手としては、アンフェアとは言わないまでも、やはり上位チームと比べたときに同じ土俵に立っていない感じがしていたのです。同じ土俵に立たせてもらえれば勝てる自信もあったし、誰も文句は言わない。部長にそう伝えたら、動いてくださいました。

マイク・サンボディーとスコット・ウィルキーが入ってきてくれたのです。前年9位だったチームが5位に上がりました。当時の部長であった橋本光夫さんは明るい方で、「おい、リク。9位から5位に上がったってことは、次は1位しかないぞ」と嬉しそうに言うわけです。私たちも「そうっすね」と気分が高揚してきます。

翌シーズン、エリック・マッカーサーが加わります。そして部長が言っていたとおり、本当に優勝するのです。

入社8年目の初優勝

優勝した1991－1992シーズンは、チームとしてはもちろんのこと、私にとっても大きなトピックがありました。監督の藤本裕さんがデイブ・ヤナイさんをクリニックのコーチとして招聘してくださったのです。第1章で記したとおり、私はNKKを退職したのち、そのデイブさんのもとへコーチ留学します。そのきっかけが1991年でした。

デイブさんは日系アメリカ人で、当時の日本代表やユニバーシアード日本代表でもお世話になっていました。しかし私自身は直接的にしっかり教わったことがありません。そのデイブさんがNKKのために2週間のディフェンスキャンプをおこなってくれたのです。

デイブさんのディフェンスドリルはすごく頭を使うし、体力的にもきつい。ハンズアップドリルなんて5分から始まって、1日ごとに伸びていって、最後は20分です。文字どおりディフェンス強化のためだけの合宿でした。練習では全体像が示されて、それを細分化した、今までやったことのないような分解練習を繰り返していきます。それぞれの分解練習を組み合わせていくと最初に示された全体像にたどり着くわけです。

毎日ヘロヘロになりながらも、プログラムの組み立て方やドリルのポイントなどすべてをノートに書き込みました。これはもうすごく勉強になりました。しかもデイブさんは人をその気にさせるのが上手なのです。だから私たちも最後まで食らいつくことができたのだと思います。

オフェンスキャンプもありました。藤本さんが懇意にされていて、日本では慶応義塾大学によく来られていたステュー・インマンさんがNKKにも来てくださったのです。インマンさんはNBAのポートランドトレイルブレイザーズでチーフスカウトやGMを経験していて、日本のバスケット界の発展に欠かせないピート・

ニューウェルさんとも仲良くされていた方です。そのインマンさんがオフェンスキャンプを担当してくださった。

エリックの加入と、デイブさんのディフェンス、インマンさんのオフェンス。それらがカッチリとハマって優勝へとつながっていくのです。

プレーオフの準決勝はNKKと三菱電機、松下電器と熊谷組の対戦でした。その日の朝刊をホテルで読んでいたら、優勝候補は松下電器と三菱電機、対抗馬が熊谷組とあります。NKKのことはまったく書かれていません。ボッと心に火が着きます。

全員にそれを読ませて、「絶対に目にものを見せてやろう」と準決勝の三菱電機戦に臨みます。大接戦。三菱電機も強かった。村田健一さんがキャプテンで、今、名古屋ダイヤモンドドルフィンズの社長をやっている山下雄樹がいて、辻村浩と木村和宏もいる。山下、辻村、木村は日体大の後輩です。センターとフォワードに外国籍選手。バランスのとれた素晴らしいチームでした。

NKKはもう完全なるディフェンスチームです。序盤からずっと追いかける展開だったのですが、我慢して、我慢して、食らいついていました。1点ビハインドで残り23秒くらいだったかな。トランジションオフェンスからポストアップをして、「俺に入れろ！」。そうしてファウルをもらって、フリースローで逆転しよう。たとえ1本外しても同点です。それが私の考えでした。

実際にポストアップをしてボールを要求しようとしたら、下村勝也がハーフラインを超えたあたりからシュートを打とうとしている。残り時間を間違えていたのです。私自身はボールを要求しているから下村の動きがよく見えます。「シモーッ！」と呼んでいますが、間違いなく私のことを見ていない。完全にリングに目を向けている。これは打つな。そう思ってリバウンドに入ろうとしたら、ハーフラインあたりから放った下村のシュートが入ったのです。逆転。会場は大盛り上がりです。

しかし残り23秒のところから、わずか数秒でシュートを打っているわけですから、三菱電機にも最後のチャンスがあります。そこで誰かがファウルをしてしまった。最悪のケースです。しかし三菱電機の選手も疲れきっていました。フリースローを2本とも外してしまいます。それで2点差で勝ったのです。こんなことがあるのかというくらい劇的な勝ち方でした。下村の判断はけっしてよかったとは言えませんが、彼は〝持っていた〟のでしょう。

決勝戦は松下電器との対戦です。ポイントは松下電器の「ツインタワー」をいかに抑えるか。ツインタワーとは、2メートル15センチの山崎昭史と、前にも記したクレアランス・マーチンです。彼らをいかに守るかが勝敗のカギを握ると言われていたのです。私が山崎に、エリックがマーチンにマッチアップします。

当時、私も2メートル近くありましたが、山崎には高さで劣ります。彼とは日本代表でも一緒に戦っていたから特徴はわかっています。シュートはうまい。ただ機動力では私のほうが上回っていましたから、彼の行きたい方向をことごとく止めました。全部ディナイ。ボールを持たせないように守ったわけです。結局、彼の得点は2点だったと思います。

マーチンはエリックが抑えてくれました。エリックがマーチンに抜かれたときに、私がブロックショットをしたこともあります。とにかくみんなで助け合って、守り勝ったのです。80対57。チームとしては13年ぶり6度目の優勝ですが、私にとってはNKKに入社以来、初優勝です。

MVPにも選んでいただきました。初優勝で初のMVP受賞。入社8年目のシーズンでの初優勝は本当にうれしかったです。

あと5ミリずれていたら……

翌シーズンは2位で終わりますが、さらにその翌シーズン、つまり1993－1994シーズンにもう一度、日本リーグを優勝していません。ただし、このときはけっして喜べる状態でありませんでした。

準決勝で三井生命と対戦します。ルーズボールを追って、ダイブをしました。同じタイミングで相手チームの選手も飛び込んできて、彼の膝が私の顔面に当たって、首ごと持っていかれてしまったのです。意識はあるのですが、首から下の感覚がまったくありません。コートに倒れているわけですから、頭と体は平行な状態にあるはずです。でも感覚としてはプールのなかで水面から顔だけを出して、首から下は水中にある感覚です。目を動かして見ると、自分の感覚とは異なるところに体がある。「これはひどいな」と思いました。チームメイトも心配して、集まってきます。エリックが「膝だ。膝をやった」と叫んでいる。あとで聞いたら、膝が変な方向に向いていたそうです。でも私は「違うよ、エリック。もっとひどいよ」。喋れる状態ではなかったけれども、半ば冷静に思っていました。

救急隊員が到着して、応急処置として体の位置を戻しました。その瞬間、ピリピリピリッと全身に電気が通ったような感覚になって、意識と体の感覚が一致したのです。あそこで戻らなければ、今の私はいないと思います。会場は横浜文化体育館でしたから、そのまま救急車で日本鋼管病院に運ばれて、検査を受けました。翌日はMRI検査です。医師が「奥さまも呼んでください」と言うので、妻と検査結果を聞きました。スキーの日本代表でドクターを務める高名な整形外科医です。

「あと5ミリずれていたら、死んでいたぞ」

首の亜脱臼と内出血です。どちらも素早い処置で元の状態に戻ったのですが、脱臼が戻らなければ、少なくとも下半身不随になっていただろうと。

「首は戻ったけれども、当面はコルセットを巻いて、おとなしくしておけよ」

1か月の入院です。

チームは、私が運ばれた後、三井生命に勝っています。1週間後には決勝戦。その間、チームメイトもお見舞いに来ます。私も「大丈夫、大丈夫。みんな、しっかり練習しておけよ」なんて返していましたが、内心はどこか怖かった。バスケットって怖いな。こんなにも怖いものだったのか。そのときに初めて知りました。

恐怖心を抱きながらも、思うのはチームのことです。週末には決勝戦がある。プレーはできないまでも何とかしたい。少しでもチームの力になりたい。担当医師に「先生、俺、応援に行きたいんだけど、何とかなりませんか？　仮退院させてください」とお願いしたら、「いいか、絶対に動くんじゃないぞ」と言われて、仮退院を許可してくださった。

今であれば、あるいは許されない判断かもしれません。でもスポーツに精通している医師でしたし、当時はそれこそ意気に感じて、許してくださったのでしょう。もちろん許可する根拠があってのことだと思います。

当時の決勝戦は土曜日からの3連戦だったと記憶しています。2戦先勝方式です。相手は熊谷組です。2泊3日の仮退院でしたから、金曜日の練習から見に行きました。コーチやチームメイトからは「大丈夫か？」と声をかけられます。

「大丈夫だよ。おまえらの練習を見に来たんだよ」

そう言いながら、ちょっとだけフットワークの練習をして、「まあ、今日はこれくらいにしておくかな」。

チームが用意していたホテルに泊まりました。同室は新人で、私と同じポジションの阿部理です。「リクさんのためにも頑張ります」と殊勝なことを言ってくれるのですが、緊張もあったのでしょう。眠れません。ベッドでドッタンバッタンと寝返りを打っている。

私はと言えば、病院の消灯が21時で、それに慣れてきたころでもあったから、その時間にはもう眠い。でも阿部の寝返りがうるさくて、眠れません。

しょうがないなと思って、冷蔵庫を開けて、缶ビールをプシュッ、プシュッ。

「まぁ、飲めよ。いや、大丈夫だから。自分を信じてやれば大丈夫だから」

決勝戦当日。首にコルセットを巻いたまま、チームメイトのウォーミングアップを見つめていました。何もしなかったのですが、心に決めていることがありました。

声だけでも——2度目の優勝へ

初戦は阿部が大活躍をして勝ちました。ホテルの部屋でまたしても祝杯です。本当はお酒なんて飲んではいけないのです。でも阿部が活躍したし、「おまえ、よかったぞ。素晴らしかった」と言って一緒に飲みます。「今日は早く寝ろよ」。

それでもドッタンバッタン。うるさい。どちらも眠れません。

翌日は負けました。1勝1敗です。担当の医師に頼み込んで仮退院を一日延ばしてもらいました。そして藤本さんのところに行って、心に決めていることを打ち明けました。

「藤本さん、もし明日、チームが勝っているなら使う必要はないけど、もし負けているようだったら、何秒でもいい、俺を使ってくれ」

すると藤本さんが「リク、まぁ、ちょっとここに座れ」と言って、そこから1時間くらい、人生について語り合いました。人生において、大事な場面は明日の決勝戦だけじゃない。もっと長い人生があるんだぞ、という話をしてくださったのです。

ありがとうございますと言いながら、最後にもう一度、「それでも流れを変えたいときがあったら言ってください。30秒でもいいからコートに出させてください。絶対に流れを変える自信があります」。そう言って、部屋に戻りました。

妻にも電話で「明日、出るからな」と言ったら、「それで何かあったら、私が一生、面倒を見てあげるから」。涙が出るほどうれしかったです。「おお、絶対に頑張るからな」。

実は、それには裏があって、どうやら藤本さんが私の妻に電話をしていたみたいなのです。「リクがこういうことを言ってきた。でも俺は絶対に使わないから」と伝えていたのです。あとで妻から電話があったことを聞かされて、何だよ、と思いましたが、今思い返してみると、本当にありがたいことです。

決勝戦の最終日。対戦相手の熊谷組はそのシーズンでバスケット部の休部が決まっていました。国立代々木第二体育館に集まった3000人の観客のうち、感覚としては2000人は熊谷組の応援です。その応援がウォーミングアップから盛り上がっていました。

その光景にもメラメラとしてきます。動いてはいけないのに少しだけウォーミングアップに参加して、ダンクシュートをパッカーンと決めてやりました。妻もさすがに驚いたようですが、言っても聞かないことはわかっています。呆れて見ていたそうです。もう一発、ダンクをしました。

依然として盛り上がっているのは熊谷組の応援団です。部長に「ちょっと観客席に上がってきていいですか?」と聞きました。「どうするんだ?」と返されたので、「ちょっとマイクパフォーマンスをしてきます」。

チームメイトがシューティングをしているなか、マイクを借りてＮＫＫの応援団に言いました。

「みなさん、熊谷組が今日の試合で休部になりますが、だからこそ我々が勝って、彼らの意志を引き継がなければなりません。会場のほとんどは熊谷組の応援に来ています。我々の勝利にはみなさんの応援が必要です。よろしくお願いします！」

そうしたらＮＫＫの応援団も大盛り上がりです。塚本さんはシューティングをしながら「あいつ、何をバカなことをしているんだ」と見ていたそうです。でもそれでリラックスできたと、のちに言っていました。

結果として私は1秒もコートに立つことなく、チームも勝って、優勝しました。

あのとき交代して何をしようとしていたか。コートの真ん中に立って、腹の底から「やったるぞー！」と叫ぼうとしていたのです。動けないことはわかっています。プレーで何もできなくても、声でチームを鼓舞して流れを変えようと考えていたのです。かつて「声だけで日本代表に入った」と言われた私です。声でみんなの気持ちに火をつけようとしたのです。

それが2度目の優勝です。

勘違いの無得点、そのとき

その2度目の優勝を飾った次のシーズンが始まる前に、藤本さんから言われます。

「リク。今シーズンから阿部をスタートで使いたい」

監督がそう言えば、選手がノーとは言えません。悔しさはあります。心のなかでは「阿部なんかに負けるか」

と思っているのですが、「わかりました」と受け入れました。

そのとき藤本さんが言うのです。

「一番信頼できる選手をバックアップで使える。これは監督冥利に尽きる」

そういった言葉に弱いのです。もう一度、「わかりました。任せてください」。

ただ、そこで私は勘違いを起こしてしまいます。「俺が阿部を何とか鍛えなきゃいけない」と思ってしまったのです。つまり「コーチ」になってしまった。


シーズンの初戦は代々木第二体育館での豊田通商（現・ファイティングイーグルス名古屋）戦でした。日本リーグの2部から上がってきたばかりのチームですが、屈強なアメリカ人選手がいます。彼の力もあって、2部から1部に上がってきたといってもいい。昇格してきたばかりの豊田通商は

NKKでは2度の優勝を経験、1994年シーズンから2年間はキャプテンを務めさせてもらった

NKKとの開幕戦をひとつの焦点に当てていたのでしょう。

負けました。前年度の1部優勝チームが2部から上がってきたばかりのチームに負けてしまったのです。

私は、ベンチスタートとはいえ、無得点でした。得点が思うように取れないことはこれまでもありましたが、無得点という経験は記憶にありません。生まれて初めての経験と言っていい。悔しさを通り越して、腹を立てていました。

我々の試合の後、翌日対戦する東芝の試合があったので、藤本さんから「見て帰るように」と言われます。しかし無得点で負けたことにイライラしていますから、応援に来ていた妻に「帰るぞ」と言って、東芝の試合を見ずに、さっさと帰ってしまった。

当時は高輪の社宅に住んでいたのですが、渋谷から山手線に乗って、品川まで行きます。品川の駅前に焼肉屋さんがあって、生ビールの大ジョッキをグビグビグビッと飲んだら、気持ちがスッと落ち着いてきました。

無得点。開幕戦黒星スタート。それだけでもイライラしていたのに、周囲からは「リクらしくないプレーだった」とか「NKKらしくない試合だ」と言われて、それもイライラの原因でした。でもビールを飲み干して落ち着くと、そうした苦言も素直に入ってくるのです。

「そうだよな……そうだ……ああ、俺はなんて勘違いをしていたんだろう」

当時の私はコーチではありません。選手です。その選手が、期待の若手とはいえ「阿部を育てる」と考えていること自体が根本的に間違っていました。そのことに気づいて、帰宅後、ノートにその思いを書き記しました。

すると妻が「ちょっと、そのノート貸して」と言って、大きく「0点」と書いたのです。そこに「これ以下はない」「あとは上がるだけ」と書いて、そこでまた「そうだよな」と思うのです。

当時、ラグビーの神戸製鋼でプレーしていた林敏之さんの本を読んでいました。そこにラグビーは生きるか死ぬか、つまり担架でフィールドの外に運ばれるか、最後までフィールドに立っているかだという表現があって、「そのとおりだ。俺が甘かったんだ」と気づいたのです。

翌日の東芝戦、スタメンは阿部です。そこで「阿部、点を取られたら交代だぞ」と告げて、チームメイトがウォーミングアップを始める前から一人で黙々とウォーミングアップをしていました。メラメラしていて、チームのウォーミングアップになっても一人だけ違うモードです。

阿部のマッチアップは同学年の塩屋清文です。得点を取られて、藤本さんに「交代させてください」とお願いしました。そこから20点くらいスコアして、塩屋を無得点に抑えました。

その後の試合もスタートは阿部です。私は常に「阿部の尻ぬぐいをしてやる」という気持ちでプレーしていました。数試合後に、今度は三菱電機と試合をするのですが、阿部の調子が上がらない。私はベンチを離れて、脇のスペースでストレッチを始めました。ストレッチをしながら、ベンチを見ると藤本さんと目が合った。直後に藤本さんが目線をコートに送ります。すると阿部がいきなり盛り返してきたのです。

私はストレッチをやめて、ベンチに戻りました。そこでまた藤本さんと目が合って、お互いにニヤリ。藤本さんと私はお互いにわかっているのです。つながっていると言ってもいい。いつ交代するのか。交代したら何をしてほしいのか。阿吽の呼吸と言ってもいいほど、藤本さんとは考えがピタ―ッと合致していました。それがお互いの信頼関係だったとも言えます。

最高の監督、藤本裕

ＮＫＫのバスケット部で最も学んだのは監督の藤本裕さんからです。藤本さんは私にとって最高の監督のひとりです。ＮＫＫで監督をされていた方は、諸山文彦さんにしろ、谷口正朋さんにしろ、日本代表で活躍するような方々ばかりです。藤本さんも日本代表でプレーして、オリンピックにも出場していますが、現役引退後は女子の日立戸塚で榎本日出夫さんのアシスタントコーチを務めていました。

その経験と人脈から、以前にも記しましたが、トレーニングコーチの北本さんを連れてきたわけです。当時のＮＫＫは体力がないし、スピードも遅い。北本さんの指導でガンガン走らされて、トレーニングもさせられました。１ヶ月くらい、バスケットボールを持たせてもらえなかった記憶があります。

そのころ私はすでにチームでも年上でしたし、藤本さんが近くの部署に配属されていたので「藤本さん、今、時間がありますか？」とよく電話をかけていました。とにかく勝ちたかったので、そのためにも藤本さんの考えを聞きたかった。

どういうチームを作りたいのですか？

ディフェンスはどう考えていますか？

オフェンスはどう考えていますか？

翌日もまた「今、いいですか？」と電話をして、いろんなことを質問しました。文字どおりの質問攻めです。うっとうしい奴だと思われたでしょう。でも、そのたびに藤本さんも自分の考えをきちんと説明してくれました。

今、ボールも触れないほどトレーニングをしていますが、何でこれが必要なんですか？　ずっと走ってばかりじゃないですか。そんなことも聞きました。すると藤本さんが言うわけです。

「いやな、リク。俺は監督になるにあたって、NKKの試合を全部見た。体力がないから、第4Qで負けているじゃないか。まずはそのベースを作らなきゃダメなんだ」

おっしゃるとおりです。NKKはいつも最後に負けていました。

「わかりました。走ります！」

これまで以上に先頭をきって、ガンガン走りました。

言葉と行動が一致すると言えばいいのでしょうか。藤本さんの考えと練習がピタッとつながるのです。同じAB型で、同じ寅年。年齢こそ一回り違いますが、どこが相通じるところがあったのかもしれません。

そんな藤本さんを語るときに思い出されるのは、慶応義塾大学で活躍していた阿部理を獲得したときです。寝返りがうるさく、私からスタメンの座を奪い取った、あの阿部を獲得するときの話です。

この代はとんでもなくすごい選手たちばかりです。佐古賢一がいすゞ自動車に入って、折茂武彦はトヨタ自動車、後藤正規は三菱電機、前記のとおり塩屋は東芝……日本リーグでも1年目から大活躍するような選手たちばかりです。

阿部もまた大学バスケット界で活躍していたビッグマンですから、他のチームも狙っていました。実際には三井生命にほぼ決まっていたようです。三井生命の監督が慶応義塾大学のOBでしたから、そのラインでほぼ決まっているという話でした。

ただ藤本さんのすごいところは、獲ると決めたら、簡単には諦めないところです。一度会って、話がしたいと阿部に伝えました。その場に私も同席して、「NKKはこういうチームで、こんなバスケットをしている。君にはこういうポジションで、こういうプレーを期待したい。その先は……」などと、いろんな話をするわけです。

どこかで阿部の琴線に触れたのでしょう。「ちょっと連絡してきてもいいですか?」と席を離れました。その瞬間、藤本さんが「チャンスあるな。悩み出したぞ」と言うのです。親御さんか、大学の監督に連絡をしたのかもしれません。そして、藤本さんの言葉どおり、大どんでん返しで阿部はNKK入りが決まりました。

あのときの藤本さんのリクルートにかける熱量は、すぐそばにいたことも手伝って、いまだに忘れられません。

アンダーコントロールとファンダメンタル

東海大学男子バスケットボール部の監督になるにあたって、藤本さんから学んだことは他にも数多くあります。

藤本さん自身も現役時代にステュー・インマンさんから多くのことを教わったそうです。教わったことだけでなく、ミーティングで注意されたこともすべてノートに書き記して、シーズンが始まる前には必ず読み返していると新聞に寄稿していました。

その代表的なものが「アンダーコントロールとファンダメンタルについて」です。その話は私もよく聞かされました。藤本さんがインマンさんから教わって、絶対に忘れてはいけないとしていたフィロソフィーです。

アンダーコントロールとは、何事も自分の教えられる範囲、持っている知識の範囲内でおこなうこと。他人の真似や、明確な理論がないのに教えてもよい結果は得られないというものでした。

指導者に少しでも不安があると、選手の不安はその10倍にもなります。自信のあるものを、自信を持って教えることが重要だと言うのです。

ファンダメンタルとは言葉どおり基礎・基本です。あらゆるスポーツでこの言葉は使われていますし、多くの指導者も大事だと口にしています。一方でファンダメンタルの練習ほど単調で、つらい練習はありません。

ただ藤本さんはインマンさんの言葉としてファンダメンタルは最初の3文字が重要だと言っていました。「ファン」、すなわち「楽しむ」ことです。ファンダメンタルドリルを課すとき、コーチは選手たちに「ファン」を与えているか。どれだけ素晴らしい基本練習でも、毎回同じ内容では飽きてしまいます。コーチは常に選手たちに楽しみを与え、興味を失わせないように練習を組み立てる必要があります。その考え方は終始変わらなかったそうです。

実際、藤本さんの言葉にはいつも嘘がありませんでした。だから私自身もすごく頼りに思っていたし、現役時代に最も信頼していた監督です。

そんな藤本さんには夢がありました。あるとき「リク、一度、池内と飲ませてくれ」と言われたことがあります。現在、拓殖大学男子バスケットボール部のヘッドコーチをしている池内泰明さんです。

新橋にある「とき」だったかな、新潟料理のお店に池内さんを誘って、3人で飲みました。そこで藤本さんが言うのです。

「俺はいつか日本代表の監督をやりたい。そのときは池内と陸川がアシスタントコーチをやってくれ。それが俺の夢だ」

酒を酌み交わしながら、3人で「やりましょう」と言ったことを覚えています。

藤本さんは2001年、50歳のときに癌で亡くなるのですが、藤本さんがいたら、その後の日本のバスケットはもっとおもしろくなったと思います。当時のコーチとは発想が全く違いましたから。

今のように、いつでも、どこからでも情報が得られる時代ではありません。バスケットについても知らないことが多すぎました。ならば、バスケットの最先端を知っている外国人のコーチを呼ぼうよ。そう言えるのが藤本さんでした。

今はもはや当たり前になっていることです。Bリーグのチームも外国籍のコーチを招聘していますし、S&Cコーチやトレーナーを入れることも、もはや当たり前です。しかしそれらが当たり前でなかった時代に藤本さんはそれを実践していたのです。

知らないことを知る。あるいは知っている人を知る。その重要性を教わったのは藤本さんからです。

藤本さんとの出会いは本当に大きなものでした。亡くなる前、よくがんセンターにお見舞いに行っていました。そのときすでに東海大学にいたのですが、当時は関東大学リーグでも2部です。リーグの終盤に明治大学との試合が控えている。勝てば、インカレに出場できるという大事な試合の前でした。

「藤本さん、今、チームはこうこうこうなんだけど、どうしたらいいですかね？ ただ、これまでの疲労などを考えると、僕としては、試合前だけれども、選手たちを一度休ませようと思っているんですけど……」

癌を患っていますから、いつもは苦しいし、元気もないそうです。でも奥さまが言うには私が訪ねてくると元気になるそうです。そのときも明確におっしゃられました。

「いいか、陸川。選手っていうのは絶対にやりたがるから、制限した時間内で終わらせるか、休ませたほうがいい」

その言葉を聞いて、休ませるという決断をしました。休ませて、その後の明治大学戦にも勝って、インカレへの出場権を得ています。あの一言がなければ、インカレ出場は数年遅れていたかもしれません。

その後も何度もお見舞いに行きましたし、最後は弔辞も読ませていただきました。本当に大好きな方でした。

ＮＫＫの社員として

バスケットボール以外にもＮＫＫで学んだことはたくさんあります。それらがバスケットボールのプレーそのものに直接的な影響を及ぼすことはありませんでしたが、その後、東海大学の監督になるにあたって、大きな意味を持っていました。

２０１６年にＢリーグが開幕し、日本のバスケット界も男子は完全なプロリーグが始まっています。しかしそれまでは実業団（企業）チームが大半でした。ＮＫＫもそうです。

私がＮＫＫに入社したころは17時から練習です。16時まで仕事をして、17時から20時まで練習をします。外国籍選手が加わってからは少し早まって、最後は14時か、15時くらいの練習開始になっていました。それでも午前中は仕事です。仕事をして、昼ご飯を食べて、練習。これがＮＫＫのおおまかなスケジュールです。

外国籍選手は嘱託社員でしたから、バスケットをすることが仕事です。そうした外国籍選手が増えてきて、少しずつ日本人選手も同じような契約を結び、ついにはプロとしてプレーする選手も出始めます。そういった選手は午前中にジムでワークアウトをして、午後から練習するイメージです。私は最後まで社員でした。

会社は川崎にありました。首都高速湾岸線を走っていると、扇島あたりに現在は「ＪＦＥ」と記されたタンクがあります。その一帯がＮＫＫだったのです。

２０２４年現在、お笑いコンビのサンドウィッチマンがＣＭをしている「ＪＦＥホールディングス株式会社」は２００２年にＮＫＫと川崎製鉄が統合して生まれた会社なのです。

現役時代の仕事は工程管理を担当していて、「厚板工程」という部署にいました。造船や橋梁などの建築に使う厚板、つまり幅が広くて、厚みのある鋼板を扱う部署です。対にあるのが薄板と呼ばれる、車のボディーなどに使われる鋼板です。

厚板工程の前半部分、鉄鋼原料をスラブ（鋼片）にしていくところの材料管理を担当していました。主にコンピューターでやるのですが、昔はカードを使っていて、次の工程の部署に流すといった仕事です。

1年目は日体大を卒業したばかりのずぶのド素人です。一から教えてもらわなければわかりません。

そうそう、その仕事とは直接関係ありませんが、入社したとき、同期で自己紹介をする場が設けられました。100人以上いたと思います。聞けば、みんな、東京大学や京都大学、東北大学など錚々たる国立大学から入社してきています。東大を除いた六大学出身の人も少ないくらい、国立大学卒の優秀な人たちばかりです。

そのなかで臆面もなく「出身は日本体育大学です！」と言うと、一斉に私のほうに顔を向けてきます。バカにするわけではありません。むしろ興味を持ったらしく、みんな寄ってきて、よく飲みに行ったりしていました。そういう仲間とは今も連絡を取り合っています。

当時のNKKには昇進試験がありました。入社時は横一線でのスタートですが、試験のたびにふるいにかけられます。優秀な人たちですから満点を取るわけです。私も頑張って60点は取ります。普通であればふるい落とされるのですが、バスケット枠と呼ばれる評価で加点されて、ずっと一次選抜のグループにいました。

東大や京大の人たちと同じ出世コースをたどって、現役中の37歳で課長になります。そこからリストラの波が押し寄せてきます。直撃したのは、すべてではありませんが、私が優秀だと思っていた国立大卒の人たちです。

彼らはとても頭のよい人たちなのですが、現場の工員と良い関係性を築けなかったようです。工員はいわば職人です。猛者と言ってもいい。机上の計算では簡単に動いてくれません。「これを、この日までに、この量でお願いします」と発注書を渡しても、その場で捨てられることもありました。むろんそれなりの理由もあります。先に発注を受けているものに対して、工員だからこそわかりうる、工場を無駄なく稼働させて、作るべきものを納期どおりに作っているわけです。そこにいきなり「これをやってくれ」と言われても、簡単に引き受けられるはずがありません。

頭脳だけではどうにもならない難しさがあったのです。

熱処理炉の下へ「潜るぞ」

1999年に現役を引退して部署が変わりました。厚板工程の後半部分、製品管理と出荷といったグループの課長になります。この工程はさらに大変です。工員たちとの関係性をこれまで以上に築いていかなければなりません。

ただ私はそうした猛者を相手にするのがけっして苦ではないのです。戦う舞台こそ異なりますが、世界の猛者たちともバスケットコートのうえで対峙してきたわけですから。

もちろん急ぎの注文を受けたときは大変です。納期まで日も少ないなかで「この板をお願いします」という書類を作らなければなりません。それをもって工場に行って、主任工員のいる会議で渡したら、その場でポイ、です。当時37歳。課長です。しかし彼らに年齢や役職は関係ありません。

「おまえ、こんなの、どうやったらできるんだよ。おまえはバスケばっかりやってきたからわからないだろ」

そんなことを言われたら、引退していたとはいえ、心のなかでメラメラと燃えてくるものがあります。「わかりました」と言って、そこから猛勉強です。

何度も何度も現場に行って、「これは何ですか？」「それは何ですか？　教えてください」と聞きまくりました。

けっして褒められることではありませんが、毎日夜中の2時、3時に帰宅して、朝6時には出社していました。

車通勤だったので、運転しながら、「ああ、きついなぁ。バスケのきつさなんてものじゃないよな」。そう思っていると、マンガの世界ではありませんが、もう一人の陸川章が出てきて囁くのです。「最初からできるヤツなんていないよ」。

そうだよなと思って、バックミラーで自分の顔を見ると、すごくしけた顔をしているのです。「なんだ、その顔は？　笑え！　笑え！」と自分に言い、笑っている自分をバックミラーで見ながら「俺ってやっぱりバカだな……」。そんなことを思いながら、会社に行っていました。

妻からすればいつ帰ってくるかわからないから、晩ご飯をどうしたらいいかもわかりません。フラストレーションが溜まってきます。それは申し訳ないということで「帰ってきたら1時間歩くぞ」と言って、12時に帰ってきたら1時まで歩いて、3時に帰ってきたら4時まで一緒に歩きました。その間、妻はずっとしゃべり続けます。それを聞き続けたのですが、ここだけの話、右から左でした。

1時間のウォーキングは私にとってもよかったと言えます。仕事ばかりで体がおかしくなりかけていたのです。のちにデイブ・ヤナイさんからも言われましたが、ストレスの溜まる仕事をするうえで体を動かすことがすごく大事です。身をもって感じました。

現場に何度も通っていると、職人気質の工員からも徐々に存在を認めてもらえるようになります。「おまえ、すごいな。飲みに行くか」。飲みに行ったら勝ちです。一緒に飲んで、楽しくしゃべっていたら、仕事もどんどん回り始めます。「飲ミニュケーション」です。

そんなあるとき事件が起こります。

ＮＫＫには熱処理炉がありました。これは厚板に熱を加えて、柔らかくしたり、靭性(じんせい)と呼ばれる調整ができる炉です。NKKは多くのクライアントから依頼を受けて、その熱処理炉を使った特殊鋼板を作るのですが、けっして簡単な作業ではありません。

厚板は36本のロールを回した炉の中を進んでいきます。そのロールに傷がつくと、板にも傷がついてしまいます。「ハウスロール傷」と呼ばれるものです。しかもその傷は板の底面に着くから、ハウスロール傷が出ると、一度ロールをクレーンで釣り上げ、炉から抜き取らないと修復できません。わずかな傷がその後の大きな損害にもつながる大変な問題です。だから工員は「ストップ・ザ・ハウスロール傷」と掲げて、神経を尖らせていました。

ある日、工員と飲んでいるときに「ハウスロール傷が出た」と連絡を受けて、彼らがざわつき始めます。主任の工員が「明日の朝、潜るぞ」と言うのです。潜る？ 何ですか、それは？ と聞くと、熱処理炉の下に人が入れる、わずかなスペースがあるから、そこに入って、ロールのどこに傷がついているかを1本ずつチェックすると言うのです。

「おまえも行くか？」と言われて、酔ってはいましたが、行かないとは言えません。翌朝、巨大な熱処理炉の上から降りていきました。もちろん炉は停止しているのですが、前日に何百度という熱を発していたわけですから、翌朝といっても完全に熱は下がりきっていません。

工員は汚れないように特殊な作業着を着るのですが、私に合うサイズの特殊作業着はないので、通常の作業着で潜りました。汗ダラダラです。そうしてみんなでチェックするのを付き合ったら、本当に傷がついているのです。「何番と何番のロールを引き上げて」。すべてをチェックし終えて汗だくで上がったら、「ホワイトカラーで潜ったのはNKKの歴史のなかでもリクが初めてだよ」と言われました。そうすると現場で働く工員たちの間にその話がすぐに伝わります。

「陸川が潜ったぞ。陸川が持ってくるものは何でもやってやろう」

それまでは納期と温度を管理しながら「今、ここで、この案件をお願いできませんか」とお願いしても、「あぁ？」と凄まれるだけでした。でも潜ってからは、同じようにお願いして「チャンスをくださいよ」と頼むと、「わかったよ。じゃ、1回、それを間に挟んでみよう」と言ってくれるようになったのです。

その後は若い社員を巻き込み、工員たちともうまくコミュニケーションを取りながら、納期と温度管理をうまくコントロールしていました。するとＮＫＫ始まって以来の熱処理の記録が出たのです。それが、私が手掛けることになる、日本初のビッグプロジェクトへとつながっていきます。

プロセスを大事にする

私はその後、東海大学男子バスケットボール部の監督になって、ありがたいことに日本一を7度も経験させてもらいます。それは私自身のバスケット選手としての経験や、コーチ留学の経験だけでは成し得ませんでした。現役時代も、その引退後もＮＫＫの社員として働き、日本初のビッグプロジェクトを成功させるために、さまざまなつながりが必要だと知ったことが大きかったと思っています。むしろ選手時代の経験よりも社員としての経験のほうが、東海大学のチームづくりに役立ったと言ってもいい。

具体的に何かといえば「組織力」です。

自分は何を知っていて、何を知らないのか。知らないことがあれば知っている人に教わればいい。自分から出向いてもいいし、来てもらってもいい。一人では何もできないのです。何か大きなことをやり遂げようと思えば、組織力や協力体制というものが絶対に欠かせません。そのことをNKKの社業を通じて学びました。

社員選手でしたが、現役を終えて仕事に専念するとわからないことばかりです。37歳で部署が変わって、課長だと言われても、何もわからない。わからなければ聞けばいい。「これは誰がわかるの?」。臆面もなく、そう聞いていました。「○○さんならわかるよ」と聞けば、○○さんのところに行って、教えてくださいと頭を下げる。

「ここはどうしたらいいですか?」

「ここはこうじゃないか」

「そうですか。ありがとうございます。じゃあ、これはどうですか?」

「それは○○さんがスペシャリストだ」

「わかりました。○○さんのところに行ってきます」

教えてもらって、それでもうまくいかなければ、スペシャリストともいうべき工員たち全員に連絡して、「すいません。一度、4人で集まってもらえませんか」と呼びかけます。現状を報告するとスペシャリストたちが、こうしたらどうだろう? ああしてみては? と意見を交換し合ってくれるのです。

横で聞きながら、私はあくまでも納期管理者ですから、この日までにこれを収めるには、いつまでに、何の工程を、どこまで終わらせておきましょうと〝線〟を引く。するとスペシャリストたちも「ここをこうすれば期限内にできそうだ」「じゃあ、ここは、こうしましょう」「そうだな。わかりました」と折り合いをつけてくれる。そのプロセスが現場の工員レベルにも伝わって、製品が納期どおりに出荷できるのです。

大学のチームづくりでも、インカレが〝納期〟です。春先に勝てない時期が続いても、ここがどうなって、どうなればチームが伸びてきて、最終目標であるインカレに向かえるか。そのストーリーが出来あがっていきます。いくつもの工程を積み重ねていって、よりよくしていって、インカレに最高のチームを〝納める〟。

モノづくりも、チームづくりも、プロセスが大事なのです。そのことをＮＫＫでの社業を通じて学びました。

ラーニングオーガニゼーション

学んだのは社内からだけではありません。

ＮＫＫのバスケット部が休部になって、仕事をしているときに教わった話です。アメリカに行く前ですから、1999年のことだったと思います。

副部長から「陸川、おまえはこれからビジネスの世界で生きていくんだよな？」と聞かれて、当時はまだコーチになることを考えていませんから「はい」と応えます。「じゃあ、いい人に会わせてやる。飲みに行こう」。

その席に来られたのが大手商社の部長さんでした。その方は後に副社長まで上り詰めたそうです。お酒を飲みながら、その部長さんが「これからのビジネスは一枚岩になるプロセスが大事だ」という話をされました。

「ラーニングオーガナイゼーション」、すなわちみんなで学び合う組織という意味です。

「トップダウンにはカリスマ性が必要です。でも今は上から下へだけでなく、下から上へと学ぶ時代でもあります。むしろ、そこに時間をかけてまとまったほうが上から言われてするだけよりも強いし、早いんです。ただし注意することがあります。けっして仲良しクラブになってはいけません。常に目標達成を目指して、お互いにより強くなることが必要になってきます」

ビジネスの話です。「ちょっと待ってください、いい話なので」と言って、ナフキンにメモをし始めました。

部長さんの話は続きます。

「そのためには常に考えることです。今与えられていることで何をすることがベストか考える。これが大事です。マーケットは相手の立場になって考えてこそ、相手のことがわかります。一方通行のコミュニケーションは最悪なんです」

監督やコーチの立場からすれば、「相手」のところは「対戦相手」でも「チーム」でもいい。そう置き換えられます。

「客（仲間、チーム）のために何ができるかが、その人やその会社の価値になり、その価値がお金になります。人間関係がわかるからこそ価値が生まれるんです」

当たり前の話に聞こえるかもしれません。実際、当たり前のことを言っていると思います。そのあと「人の話を聞く」につながっていきますから。

「自分ひとりでは何もできません。周りを賛同させてこそ、事は成るのです。そのために相手の話をよく聞く。相手の考え方、ものの見方を理解する。みんなでひとつの方向を見る。それが大事になります。そのうえで、皆それぞれに持つ個性を発揮するから最強軍団になるんです」

そうした話をさまざましてくださる。お酒の席だということを忘れるくらい、メモしました。

次に説かれたのが「アップライト」です。

「常に堂々と損をできる人間でないと、大きな儲けはできません」

損をすると聞くとネガティブなイメージを持つかもしれません。でもそれが大きな儲けにつながるのであれば、けっしてネガティブ一色というわけではないと言うのです。ネガティブの対義語はポジティブで、それは積極的という意味ですが、そこに明るさが加わったものが「アップライト」というわけです。損をしてもアップライトでいられることで大きな利益を得られると教えてくださいました。

最後は「本音の世界は温かい世界である」ということでした。

「特に懐に飛び込んでの議論はいいですよ。本当のことを言って議論することです。相手を騙しては駄目です」

焼き鳥屋で、誰もが知っている国内大手の商社の部長さんが、つい先日までバスケットボールを追いかけていた私にそれらを話してくださった。ビジネスの話ですが、バスケットのチームづくりにも生かせるし、何にでも生かせます。実際にこれを授業で学生にも話したこともあります。

関係の質を土台に置く

では、そのプロセスで何をするか。これはS級ライセンスのコーチ研修のときに教わったことです。これもメモしました。マサチューセッツ工科大学のダニエル・キム教授が提唱した成功循環モデル「グッドサイクル」です。

それを説明するうえで、先に悪いサイクル、「バッドサイクル」から記しておきましょう。バッドサイクルは「結果の追求」から入ってしまうものです。そうすると、ああしろ、こうしろといった「行動の指示」になり、自らの意思で行動しなくなります。つまりは責任回避であり、モチベーションの低下、思考の停止、受け身になります。「思考の強制」とも言い換えられるでしょう。すると、すべてを人のせいにしてしまう。あいつのせいだと。

バスケットで言えば、チームメイトやコーチ、審判に矛先が向いてしまうこともあるでしょう。マザー・テレサは「愛の反対の状態は無関心」と言いましたが、そうなれば「信頼関係の悪化」は免れません。追求していたはずの結果も得られません。よくある「バッドサイクル」です。

一方の「グッドサイクル」は「関係の質」を最初に持ってきます。関係の質を上げると、お互いに関心を持ち、認め合い、信頼をします。そういった関係ができるとチームにおける心理的安全が生まれます。心理的安全とは単にチームの雰囲気がよい、仲が良い、居心地がよいということだけではありません。メンバーが対人関係でリスクのある行動をとることに不安なく、言いたいことを言い合えることです。活発に関係し合い、メンバー同士で安心して活発にコミュニケーションが取れることです。

そうすると「思考の質」が上がり、その枠も広がって、いいアイデアが生まれます。当事者意識も高まっていきます。「思考の質」が上がれば、「行動の質」も上がります。自発的、積極的になり、失敗をおそれずにチャレンジするようになります。「結果の質」も上がってきます。ただし唯一コントロールできないのは結果であることを忘れてはいけません。

それを学んで、在校生には春合宿の前に、新入生として入ってきた子たちには入部後、毎年のよう話しました。特に上級生には「1年生はまだ何もわからないのだから、ちゃんと教えてあげなさい。助けてあげなさい。この関係性を高めていきなさい」と言っています。新入生は少し前まで高校生です。「心理的安全が――」と言っても、すぐには理解できないでしょう。だからこそ関係の質から高めていこうと上級生たちに伝えるのです。

私が東海大学に入ったときから「ビッグファミリー」を掲げているので、そうした意識は持っていましたが、それを裏付けるキム教授の言語化された研究に、我々も間違っていなかったのだなと確信しました。

大手商社の部長さんが話してくださった「人間関係がわかるからこそ、価値が生まれる」にもつながります。学生に「愛の反対語は?」と聞くと、たいていは「憎しみ」などと答えますが、「無関心だよ」と教えて、関心を持つこと、つまりは関係性をよくしていくことがすごく大事なのだと伝えています。

そうすることで「結果の質」がよくなります。結果そのものはわからないけれども、ベストを尽くした結果を受け入れればいい。それはきっと結果そのものよりも質の高い結果になると思います。

視野を広げて、豊かな人生を

監督になると、前記のとおりAチームからBチームに落とすという判断もしなければなりません。それにジレンマを感じる時期もありました。そのときに思ったのは「私は神様ではない」ということです。監督としてベストは尽くしますが、それ以上のことはできません。私ができることを精一杯やって、結果として子どもたちが悔しい思いをしたとしても、そこから学んでくれたらいいと思うようになったのです。その学びに気づくのが、たとえ数年後であっても、です。

そうした考えにたどり着くうえで読書は欠かせなかったと思っています。私は人だけでなく、良書との出会いからも学び、助けられました。

高校時代は星新一さんの本がすごく好きでした。彼の描く不思議な発想が大好きだったのです。NKKに入ってからもよく読んでいたのですが、頭のいい先輩から「星新一もいいけど、陸川は真面目だから歴史小説を読んだらいい」と言われました。おすすめは何ですか？　と聞くと、『宮本武蔵』がいいと。読んでみるとおもしろいのです。ハマりました。『宮本武蔵』はプレーヤー論です。

次は、東大出身の別の人から薦められた『竜馬がゆく』です。夢があって、それに向かって自分がどう切り拓いていくか。『三国志』はチーム、あるいは組織でどう戦うか。戦略・戦術について考えさせてくれました。『徳川家康』では日本の歴史のなかでも最もおもしろいところをすべて網羅できます。ほかにも源頼朝や親鸞上人など、今も家のなかは本だらけです。

今でもそうですが、本屋に行くことが好きで、あるとき「中村天風」と書いてある本を見つけました。おもしろそうだなと手に取ってみたら、その方の考え方が積極的なのです。その生きざまがおもしろくて、何冊も読みました。

監督になってからもいろんな本を読みました。西堂たちが4年生のときだったかな、本屋にキラキラしている本があります。斎藤一人さんのお弟子さんが書いた本で、めちゃくちゃおもしろかった。幸せになるコツがたくさん書かれてあるのです。よい言葉――「天国言葉」を使う、とあって、よし、実践してみよう。

もともと私は悪い言葉を使いません。ばあちゃんに叱られるからです。ネガティブなことは言わないのですが、その本には言葉と合わせて「キラキラしているものを身につけるといい」とも書いてありました。よし、ＮＫＫのときにもらったチャンピオンリングをつけよう。箪笥の肥やしになっていたリングを翌日からつけました。たいていの選手は人差し指か中指につけるのですが、私は指が太いので、小指にしか入りません。

最初は恥ずかしかった。でもその年インカレで初優勝を遂げています。以来ずっとつけています。ただし以前は毎日つけていたのですが、今は試合のときにだけです。

斎藤一人さんの本は100冊以上あるでしょうか。彼の本が私を呼んでいる気がするのです。

2024年に読んだ『最強チームを作る方法』も面白かったです。ＮＢＡのサンアントニオスパーズを率いるグレッグ・ポポビッチも出てくるし、軍隊のネイビーシールズの話も出てきます。

何年か前に読んだ『世界一わくわくするリーダーの教科書』もおもしろくて、ゼミの資料で使ったりもしています。私のゼミでは私の思う成功者のものの考え方、つまり学生が社会に出たときにどう生きるか、どう考えるかを一緒に学んでいます。バスケットのことではありません。

そういった本はたいてい似たようなことを書いてあるのですが、裏を返せば、自分の考え方を補強するというか、信念としてどんどん強くなっていくようにも感じます。もちろん偏ってしまうことは危険を孕みますから柔軟性も必要になってきます。だからこそ、いろんなものの考え方を吸収して、いいものは取り入れていけば、どんどんよくなるような気がします。

NKK時代にダグ・リーという選手がいました。パデュー大学出身で、NBAのニュージャージーネッツやサクラメントキングスでもプレーし、NKKに来たシューターです。いつもお祈りをしているような、敬虔なクリスチャンでもありました。

あるとき遠征先のホテルに入ると聖書が置いてありました。日本の聖書は日本語と英語が対になって書かれてあります。それを読んだのでしょう。私に「すぐに部屋へ来い」と言うのです。よくトランプをしていましたから「トランプかい？」と聞くと、そうではないけど、すぐに来いと。彼の部屋に行くと、「リク、ここを読め」と聖書を手渡されます。

いいことが書いてあるのです。でもその最後に「キリスト教徒しか天国には行けない」とある。「いや、これはちょっとおかしいよ。俺は仏教だけど、涅槃（ねはん）といって天国みたいなところに行くんだよ」と言うと、彼は「いや、行けない」と頑なに言います。そして、だからキリスト教徒になれと改宗を勧めるわけです。

本好き、歴史好きの私です。「わかった。俺は今シーズン、リリジョン（宗教）の勉強をするよ」と言って、旧約聖書、新約聖書、クリシュナ、仏教……宗教関係の本を、シーズンを通して読みました。

どの宗教も同じようなことが書かれているわけです。あまり変わらないんだなと思って、今までどおり、何も変わっていません。

ただ、タグ・リーのおかげで、世界にはこうした考えがあるのかと知れたことはよかったと思っています。『神との対話』なんて何度読んだことか。マザー・テレサや親鸞聖人、ガンジー……ダライ・ラマの本も読みました。もうめちゃくちゃです。でもそうした読書が、コーチになった今すごく生きています。

むしろバスケットボールの、いわゆるプレーブックのような本はあまり読みません。もちろんコーチK(マイク・シャシェフスキー)やジョン・ウッデンの本は読んで、おもしろいなと思います。必要なことはすべてメモして、教材にすることもあります。ただ、バスケット一色にはなりません。主題が何であれ、いいものはいい。

今でも本屋に行くと気になった本はすぐに買います。溜まっているものもありますが、そうなると重ね読みが始まったりして……バスケットボール以外の趣味と言ってもいいでしょう。それが授業やコーチングにもつながっています。

東海大学の選手たちを含めた若い子たちには、バスケットや自分のやりたいことを極めることもいいけれど、本を読むなどして——いや、読書でなくてもいいから、何かを通じてもっと視野を広げてほしいなと思います。そうすれば人間としての幅も広がり、豊かな人生になると思います。

それこそがデイブ・ヤナイさんのもとで学んだ「バスケットを通じて人生を教える」にもつながります。その点でもデイブさんを選んでよかったと思っています。

第7章　日本代表としての誇り

小浜ジャパンの叱られ役

話は前後しますが、大学3年生のときから日本代表を経験させてもらっています。そこから11年間、日本代表でプレーしました。この章では日本代表にまつわるエピソードを記しておきたいと思います。

最初のヘッドコーチはロサンゼルスオリンピックを目指し、日本体育大学の監督でもある清水義明先生でした。社会人1年目からはソウルオリンピックを目指し、小浜元孝さんがヘッドコーチになりました。その次のバルセロナオリンピックを目指す時には、また清水先生に戻りました。その時は松下電器を率いていた清水良規さんや、NKKの藤本さんもアシスタントコーチとして、チーム入りをしていました。

その11年間で思い出すのは、小浜さんから学んだ、ファイティングスピリット、日本代表というチームに対する考え方です。今でもはっきりと覚えているのは「勇気、情熱、誇り」。日本代表の選手はこれがなければダメだと言われました。そのあとに「知識、知恵、経験」も必要だと言われます。

小浜さんの日本代表は本当に厳しかった。特に初めてのキャンプでは、私が一番年下ではないのですが、ストレッチのときの声かけ係に任命されます。そんなところにも隔世の感があります。

「1、2、3、4」と始めると、「声が小さい！」。そうすると、私の得意とする、必要以上に大きな声が出てきます。「1、2、3、4！」。小浜さんも苦笑いをするしかありません。

日本代表として約11年間、様々な国の選手たちと誇りをかけた戦いを経験できた

いつも怒られていました。食事のときも、チームメイトとしゃべりながら食べていると「陸川、黙って食べろ」。世界的なマナーといわれればそれまでですが「スープの音を立てるな」。練習だけでなく、日常生活でも事あるごとに怒られて、当時は本当に怖かったです。

その年、ジョーンズカップでオランダのチームと対戦しました。とにかく大きいチームで、2メートル15センチの選手もいたはずです。そのチームと競っていて、うまくゴール下に入れたので「これはダンクのチャンスだ」と思って、バーッと飛び上がったのです。ただ相手も大きいからブロックに来るだろうという意識も持っていて、当たり負けないよう、思い切り力を入れていました。すると意外にも相手がブロックに飛んでこなかった。無駄に力を入れていたダンクをバカーンと外してしまったのです。怒られました。即交代です。

ベンチに下げられて、小浜さんに怒られているのに「俺は間違ってねぇ！」とプイッとして、ベンチの一番端にドカッと座ったりして……これは今も学生たちに「やっちゃいけないよ」と言っていることですが、そういう態度を取ってしまいました。

翌朝です。アシスタントコーチの高木彰さんが「リク、あの場面はバックダンクだよ」と言うわけです。高木さんは明るい方なので、私の失敗を茶化しつつ、切り替えさせようとしたのでしょう。一晩経っていますし、私も「そうっすよね、あそこはバックダンクでしたね」なんて笑っていたら、そのやりとりを小浜さんがジッと見ていました。

ヤバイと思ったら、一言「リク、ナイストライだったけど、決めろ」

そんな感じでずっと怒られてばかりいましたが、それでも私のことを買ってくれていましたし、その後も使い続けてくれました。

「ここに北原を乗せる責任がある」

思い返してみても、チームというものを学んだひとつは小浜さんが監督を務めた日本代表だったと思います。ソウルオリンピックの出場権をかけて戦った、タイ・バンコクでのアジア選手権のことです。みんなが心をひとつにしてソウルオリンピックを目指していました。同時に北原憲彦さん、岡山恭崇さん、小野秀二さん、内海知秀さん、三神雅明さんら、これまで一緒に戦っていた先輩たちがこの大会で日本代表を引退すると聞いていました。彼らが日本代表のコアメンバーで、その下に私がいるわけです。実際には私よりも年下の、若い選手も入ってきているのですが、コアメンバーの先輩からすると、いつまでたっても私が一番下、一番の若手です。

合宿ともなれば、まだ昭和の匂いが残っている時代ですから、若い選手が先輩たちの洗濯物を回収して、洗濯をします。私よりも年下の子もいるわけですから、当時の風潮で言えば、当然、それは彼らの仕事です。しかしなぜか先輩たちは「リク」と、私に洗濯物を渡します。そうなると私も「もう、早く出してよ」と言いながら、回収する。それがどこか楽しくて、家族的な空気も残っているチームが大好きでした。

もちろんコートに立てば、空気は一変します。小浜さんの存在もさることながら、そうした切り替えのできる選手たちでもありました。

迎えたアジア選手権。それまでは北原さんと岡山さんが不動のスタメンツインタワーです。しかし小浜さんはその大会で、北原さんに代えて私をスタメンに起用しました。北原さんはＮＫＫの先輩でもありますし、この大会が日本代表として最後になることは知っています。「絶対に頑張らなきゃ」。北原さんたちをオリンピックへ。そう思って、全力でプレーしました。アジアからの枠は1枠です。準決勝で中国に敗れて、オリンピックの道を断たれました。

翌朝、3位決定戦に向けた大会最後の練習があります。体育館の隅には表彰台が準備されていました。練習後、小浜さんが選手たちに集合をかけます。そして表彰台を指差して、言うのです。

「ここに北原を乗せる責任がある」

フルフルッと来ました。絶対にやってやる。

相手はフィリピンです。当時も強い国でした。数点差で勝つのですが、みんなで男泣きです。ロッカールームに入ってからも涙を流しながら、「このチームは最高だな。こういうチームになりたいな。こんなチームを作りたい」。そう思ったことを今でも覚えています。

当時はコーチになることも考えていませんから、まずはNKKをそうしたい。結果として日本リーグで優勝したときのチームはそういうチームだったと思います。その後、東海大学の監督になってからも、常に意識している「チーム」の原点はソウルオリンピック予選を戦った、小浜監督率いる男子日本代表です。本当に魂のこもった、最高のチームでした。

“秀ちゃん”と“ウッチー”

話のなかに小野さんと内海さんの名前が出てきましたので、日本代表での2人にまつわるエピソードを、それぞれ紹介させてください。おふたりには現役時代から本当にかわいがってもらいました。

まずは小野さんです。バンコクで行われたアジア選手権でのマレーシア戦の話です。夏だったので気温が40度近くあって、湿度も80％くらい。アリーナにクーラーもない時代です。

蒸し暑さでボーっとしてしまって、小野さんのサインを見逃してしまいました。するとあの温厚な小野さんが「リク、何ボーっとしてんだ！」と怒ったのです。

試合には勝って、宿舎に戻りました。小野さんとは同じ部屋だったので、「秀ちゃん、今日、怒ったよね？」と言ったら「いや、怒ってない」と言うわけです。「いや、俺がフラッシュに上がらなかったとき怒ってたよ」。

小野さんは4歳年上なので、本来であれば「小野さん」と呼ばなければいけません。しかし長野・鹿教湯(かけゆ)温泉で合宿があったとき4部練習をしたのです。早朝にシューティングをして、午前の練習は走るメニューが中心。午後は5対5が中心で、夜はペリメーターとビッグマンが交互にワークアウトです。

代表で可愛がってもらった先輩たち。小野秀二さん（背番号7)、内海知秀さん（背番号 8)、瀬戸孝幸さん（背番号 9)、永井雅彦さん（背番号 11)

そのころはまだ「小野さん」でした。でも初日のビッグマンのワークアウトのときに「小野さん、夜練に行ってきます」と言うと、小野さんがおもむろに部屋の冷蔵庫から缶ビールを取り出します。プシュッと空けながら、「おお、頑張れよ〜」と言って、グイッとあおっているのです。

缶ビールといっても、当時「ぐい生」と呼ばれる小さな缶のものがあって、合宿中の楽しみはそれくらいしかない。私としても早く飲みたいのですが、ワークアウトがあるから我慢しなければなりません。それを先輩が気にも留めず、いきなり飲み始めた。

その瞬間です。「なんだよ、この人は……何が小野秀二だ。もう『秀ちゃん』だ」。

翌日はペリメーター陣のワークアウトです。小野さんが「行ってくるな」と言ったとき、私は隠し持っていたぐい生をプシュッと空けて、飲みながら「頑張ってきてくださーい」。小野さんも「おまえなぁ」と呆れていました。

小野秀二さんと言えば、当時のスーパースターです。日本のバスケット界の顔と言ってもいい。ファンもたくさんいました。でも私は「何がスーパースターだ。何が小野秀二だ。『秀ちゃん』で十分だ」。そう思って、以来、秀ちゃんと呼んでいます。

内海さんもそうです。日本体育大学の3学年上。つまりは私が1年生のときの4年生です。当時の日体大のことを聞いたことがある人ならわかると思いますが、4年生は絶対的な存在です。しかも内海さんはシューターとして、やはり大学バスケット界のスーパースターでした。内海さん自身はそんなことを気にするタイプではないのですが、周囲からは尊敬のまなざしを向けられます。

これも日本代表の合宿のときの話です。そのときは内海さんと同部屋でした。

当時、内海さんは腰を悪くしていて、コルセットを巻いて練習をしていました。真面目な方なので、そんなときでもけっして手は抜きません。だからなのか、部屋に戻ると、もう動けない。ベッドに横たわって、一言、「リク、頼む」。靴下から何から全部を脱がせて、すべて洗濯しました。

「俺は奥さんじゃないんだよ。何が内海知秀だ。今日から『ウッチー』だ。ほら、早く脱いで」。以来、ウッチーです。

そう呼んでいるのを聞いた瀬戸孝幸さんが怒るのです。瀬戸さんは日体大で内海さんの一つ下、しかも内海さんとは同じ日本鉱業でプレーしていたから、なおさらです。

「リク、おまえ、内海さんに向かって、何を言っているんだ!」と言うので、「いや、瀬戸さん、聞いてくださいよ」。ことの顛末を話したら、「うん、それはしょうがないな」。

小野さん、内海さん、瀬戸さん……そこに池内さんや永井雅彦さんも加わったメンバーが当時の日本代表の我々の世代でした。そのうえの世代に北原さん、岡山さん、三神さん。一番下は私です。私より年下が入っても常に一番下扱いでしたが、それが心地よかったのはその時代が長かったせいかもしれません。

アジアナンバーワンシューター

内海さんとのエピソードをもうひとつ紹介させてください。今度はバスケットの、ちょっと真面目なエピソードです。

日本代表をともに戦ったなかで、私がアジアナンバーワンのシューターだと思うのは内海さんです。それくらい素晴らしいシューターでした。

シューターですから、ボールを持たせないようにフェイスガードをされることもあります。するといつも「おい、リク。何とかしろ」です。

まずは私がハイポストにフラッシュして、バックドアプレーを狙います。でもディフェンスは内海さんにぴったりとついているからパスが出せません。というより、内海さんは足が遅くて、ディフェンスを振り切れないのです。

ただしそこからの切り返しが速い。すぐに戻ってきて、ハンドオフでのスクリーンを使います。そのスクリーンこそが私の絶対的な役割で、ほぼノーマークにさせていました。内海さんはそれをすべて3ポイントシュートで打ちます。おそらく内海さんのシュートを誰よりも多く、目の前で見ているのは私だと思います。きれいでした。シュートフォームがきれいだし、シュートの軌道もきれい。ほとんどがネットに吸い込まれていきます。

そのころのスタメンは小野さん（176㎝）がポイントガードで、内海さん（181㎝）がシューティングガード。池内さん（193㎝）がスモールフォワード、私（198㎝）がパワーフォワード、岡山さん（234㎝）がセンター。サイズ的には今の日本代表と比較をしても、大きく引けを取らない5人ではないでしょうか。

コートを縦半分に分け、ストロングサイドと言われる3メンサイドに小野さんと池内さんと岡山さんの住友金属トリオ、ヘルプサイドとなる2メンサイドに内海さんと私が陣取ります。

　ますは池内さんと岡山さんの息が合ったプレーを狙います。私はそれを逆サイドでリバウンドの準備をしながらずっと見ている。当然、守られることもあります。エントリーができない。すると小野さんが一瞬、私のほうをチラッと見ます。「フラッシュに来いってことだな。そこからバックドアだな」。フラッシュをしてボールを受けたら、内海さんのバックドアを狙います。ダメ。戻ってくる。ハンドオフからの3ポイントシュート。たまに戻ってくる内海さんと、私にパスを出した小野さんがバッティングすることもありました。そこは県立能代工業時代からの付き合いです。小野さんが「あ、内海は戻ってくるのか」と素早く判断して、スペースを空けていました。内海さんにパスを出せないときは、小野さんが素早くボールを受けに来てくれて、次のプレーに展開する。

　それをセットプレーではなく、その場の状況判断で素早くおこなっているのが当時の日本代表でした。そのなかで内海さんは毎試合30得点近く取っていたのです。

日本の魂を受け継ぎ、そして託す

　小野さんや内海さんらが日本代表から退いた4年後、バルセロナオリンピックのアジア予選がおこなわれます。小浜さんも退かれて、ヘッドコーチは清水先生、アシスタントコーチは清水さんと藤本さんです。素晴らしいスタッフ陣ですが、ソウルオリンピック予選を経験されていません。私がやるしかない。ソウルオリンピック予選の日本代表のような、魂のこもったチームにしようと内側から盛り上げていきました。

このときも準決勝で中国に敗れて、オリンピック出場の夢は絶たれました。が、この大会でも3位決定戦はあります。相手はチャイニーズタイペイです。

前夜、ホテルでミーティングがありました。北原さんたちがいた頃もやっていたことなのですが、選手全員が何か一言、必ずしゃべります。

それは後年、私が東海大学を指揮するようになってからも続けていることです。助け合おうでもいいし、頑張りましょうでもいい。試合に向けて、何か一言、必ずしゃべってもらいます。

北原さん、池内さんの後を継いで、日本代表のキャプテンになった私もそれを踏襲しました。北原さんのときと異なるのは年下からしゃべらせることです。年下からしゃべっていって、最後にキャプテンの私が締めるという形を取っていたのです。

ところが3位決定戦の前夜は——もしかすると当日の朝だったかもしれませんが——私から切り出しました。

「俺はこの試合で日本代表を引退する。最後は銅メダルが欲しい」

実際にはメダルが欲しいとは思っていないのです。いや、欲しくないわけではないのですが、言葉にして言うほど強い思いがあるわけではありません。ただ4年前に小浜さんが「北原を表彰台乗せる責任がある」と言ったときと同じような空気感を作りたかった。

すると下村勝也と進藤一秋が立ち上がって「うぉー、リクさんのためにやってやるぞー!」と叫び出します。みんなも「うぉー」と呼応しました。銅メダル獲得です。そこで「ああ、俺の仕事は終わったな」と思いました。

そのときのメンバーで一番若かったのが佐古賢一です。当時、中央大学の3年生でした。私と同じ大学3年生で日本代表入りしたケン(佐古)に後を託しました。ケンも私の気持ちをしっかりと理解し、受け止めてくれていたと思います。しかもその後、ケンは小浜さんが指揮するいすゞ自動車に入団するわけです。

話のついでに、ケンのことを記しておきましょう。その後、いすゞ自動車に入ったケンは私のいるＮＫＫとも対戦します。彼は勝気な性格ですし、当時はまだ若かったですから、気に食わないことがあってベンチに戻ると、小浜さんの注意も聞かずにプイッとベンチの隅にドカッと座るわけです。

試合後、「おい、ケン、ちょっと来い」と呼び出しました。「おまえ、あんな態度を取ってどうするんだ」と説教です。「いいか、おまえは日本の宝なんだから、不貞腐れた、あんな態度は取るな！」。いまだにケンと会ったら、言われます。「リクさんに説教された」と。

数年前の小浜ジャパンで同じようなことをした私が何を言うか。そう思われるかもしれませんが、あのときの反省からケンにはそのような態度を取ってもらいたくなかった。それくらい、その後の日本のバスケットボール界をケンに託したかったのです。

北卓也もそうです。彼らは絶対に日本代表になるべき選手たちでしたから、伝えるべきことはしっかり伝えました。

厳しさとは何か？

日本代表には、いわゆるＡ代表以外にも年代別の日本代表があります。大学生で構成された日本代表もあって、指揮を執った経験もあります。

日本代表は常に勝負です。勝たなければいけない。そうすると私のなかの「小浜元孝さん」が起き上がってくるのです。厳しくなります。選手たちには戦うメンタリティを要求します。

もちろん勝利に向かうための要求は東海大学でもします。勝つためにはこう考えたほうがいいよと伝えますが、どちらかといえば教育が根本です。大学のチームは、たとえ強化部であってもベースは「教育」だと思っています。何かを伝えても、上級生になったときに、あるいは社会人になったときに理解してくれればいい。

日本代表は違います。その瞬間に理解しなければいけない。だから厳しくもなります。国と国の代表が戦うとはどういうことか。小浜さんからは「これは戦争なんだ」とよく言われていました。小浜さん自身が戦争を体験されています。戦後生まれの私にはわからないところもありますが、外国の選手を相手にケンカ腰になったこともあります。相手も立ち向かってきます。そこで怯んではいけない。

それは大学生の日本代表であっても同じです。各大学のバスケットとは異なります。それは日本代表を11年間、経験させてもらったからこその感覚だと思います。

もちろんどちらの「陸川章」も同じ「陸川章」です。選手たちに求める内容は同じことかもしれません。結局のところは融合してしまうのですが、教育か、勝負か。そのどちらを目的に置くかの違いは、少なくとも私のなかに厳然としてあります。

特に日本代表になると時間がありません。わずかな時間でしか強化できないのですから、チームを熟成させる時間もありません。厳しく指導するしかないのです。

厳しいといっても恐怖心を煽って、選手たちにやらせる、という意味ではありません。日本で「厳しい監督」というと、どうしても「怖い監督」や「怒る監督」、ひいては「手を上げる監督」というイメージが先行しがちかもしれませんが、ここでいう「厳しい」は練習している内容が厳しいという意味です。

そう書いていて、ひとつ思い出しました。話は前後しますが、世界を戦った人にチームを見てもらって、そこから学ぼうと、小浜さんに2~3度、東海大学の練習を見に来てもらったことがあります。狩野たちの代だったと思います。

小浜さんが学生を集めて、「おい、陸川はどうだ?」と聞くと、選手たちは「優しいです」と返します。すると今度は私が小浜さんに呼ばれます。

「おまえ、優しいってどういうことだ?」

国際大会を「戦争」と表現する方ですから、日本代表の教え子である私が「優しい」監督だと聞くと、どういうことだ、となるわけです。怒られました。

でもそこは私です。

「いや、小浜さん、質問が間違っていますよ。選手たちに『陸川の練習はどうだ?』って聞いてくださいよ」

小浜さんがまた学生たちを集めて、今度は「陸川の練習はどうだ?」と聞くわけです。「しんどいです」。「きついです」。「厳しいです」。選手たちがそう答えるのを聞いて、言いました。

「小浜さん、これでいいんじゃないですか?」

ちょっと苦笑いされていました。

日本代表としてユニバーシアード(ワールドユニバーシティゲームス)を戦ったときも、小浜さんがそうしていたように、厳しさのようなものは使います。厳しさは必要です。ただし、それがどこにあるかといえば、練習です。トレーニングです。練習を厳しくやろうと思えば、当然、選手たちを追い込むしかありません。コート外は厳しくある必要はありません。優しくしていいじゃないかというのが、私の考えです。そのチームで優先すべきことは何か、だけだと思います。

ユニバーシアードで見えた未来

これまでに3度、ユニバーシアードの日本代表監督を務めさせていただきました。最初は2009年と2011年のユニバーシアードで、2大会連続で指揮をとらせてもらっています。そうすると2011年のときはよくなるのです。小さいチームでしたが、ファイトできるチームに熟成していきました。

2007年は竹内譲次たちが出場し、ベスト4に入っています。私はスタッフにも入っていませんが、結果そのものは快挙と言っていいものでした。しかし2009年、その大会を経験している選手がひとりもいません。ゼロからのチームづくりです。結果は26か国中19位でした。

それを経ての2011年。キャプテンは渡邉裕規くんです。そこに古川がいて、小野龍猛くんがいて、小林大祐くん、栗原貴宏くん。その下に篠山竜青くん、金丸晃輔くんがいました。彼らはすでに大学を卒業して、JBLのチームに入っています。大学生から比江島くんと大貴、ビッグマンとして久保田遼くんと永吉くん、張本くんを入れました。

ビッグマンは学生だったこともあってまだまだでしたが、ペリメーター陣がすごかった。古川や篠山くん、金丸くん、比江島くんといった2009年の大会を経験している選手もいましたし、相当厳しい練習もさせました。

特に厳しい練習で思い出されるのは「10秒の攻防」と呼ばれていた練習です。その練習は3分間やっても相当しんどいのですが、彼らは10分間もやっていました。そうやって瞬発的なパワーを上げていったのです。

状況を素早く判断しながら連動して、最後の狙いは金丸くんをノーマークにして3ポイントシュートを打たせる。最後は10秒間の攻防が20秒くらいに感じられるほど、短い時間に多彩で、的確な判断ができるようになっていました。

ディフェンスも、ゾーンプレスを仕掛けたり、チェンジングディフェンスを使ったりして……これは私が東海大学に入った翌年、2002年にアメリカでおこなわれた世界選手権でニュージーランドが使っていたディフェンス戦術です。体格のいい彼らが緻密にチェンジングディフェンスをして、4位になっています。2006年の世界選手権でも優勝したスペインが使っていました。

「これだな」と思って、2011年のユニバーシアードでも使ったのです。同じ予選グループにはロシアとリトアニア、ウクライナ、ニュージーランド、フィリピンがいました。そのグループで2位にならないと上位の決勝トーナメントには進めません。

初戦でウクライナに負けて、次のニュージーランドには勝ちました。3戦目はロシアです。195cmのガードから2メートル20センチのセンターまでいる。日本はガードが175cmで、センターは198cmです。第2クォーターに逆転されて、そこからは追いかける展開です。チェンジングディフェンスを使いながら、残り5分で5点差くらいまで縮めました。中国・深圳の会場も盛り上がります。

結果的にはファウルゲームをして、18点差で負けるのですが、その試合で上位国との戦い方が見えてきました。それくらいの手応えを感じたのです。翌日のリトアニア戦も、結果として負けてはいるのですが、後半の20分間だけを見ると勝っています

予選リーグを4位で終えて、9－16位を決めるグループに入りました。初戦はメキシコです。メキシコにはその大会の得点王がいたのですが、勝って9－12位を決めるグループへ。トルコと対戦しました。

ここでもサイズは大きく劣ります。なにせ189cmのシューティングガード、小林くんがついているのは2メートルの選手です。国内ではそんな大きな選手にマッチアップすることはありません。

しかしその大会を通して、世界の大きさに慣れてきていたのでしょう。「ないっす、ないっす。あいつ（マッチアップしていた選手）、絶対に2メートルないっすよ」と言っていました。実際の身長差はかなりありましたが、機動力とディフェンス戦術を駆使すれば大きさは感じないのです。試合はリードチェンジが17回の大接戦。最後に永吉くんが果敢に攻めてくれたのですがチャージングになって、2点差で負けました。

翌日の最終日、チェコに敗れて23か国中12位になりましたが、こうやって戦っていけば、日本は絶対に強くなる。そう感じたのを覚えています。本当にみんながファイトをしてくれて、すごくいい大会だったと思います。

日本だからこその戦い方がある

これには続きがあって、12位とはいえ手応えがあるわけです。私だけでなく、周りのコーチやスタッフ陣も、です。「リクさん、もう1期やってくださいよ」と頼まれます。

ちょうどその少し前に東海大学でも山下先生が体育学部長になられて、私に競技スポーツ学科の学科長をやってくれと言われていました。当初はユニバーシアードがあるので、とお断りしていたのですが、全日本大学バスケットボール連盟の強化部長から「3期連続でヘッドコーチをすることはできない」と言われて、次のヘッドコーチの話はなくなりました。

同時に大学で競技スポーツ学科の学科長になります。そうすると仕事が忙しくなって、ユニバーシアードどころではなくなってしまいました。

そうして学科長の任期を終えた2016年、もう一度ユニバーシアードで指揮するチャンスをいただきました。翌2017年におこなわれたユニバーシアードは24か国中20位でした。

でも同じ年におこなわれた「アジア・パシフィック大学バスケットボールチャレンジ」ではロシアに勝って、優勝しています。初めてロシアに勝てました。うれしかったです。

そのときはすでにルカさんとも出会っていたので、彼から学んだピック&ロールを使うバスケットをしました。結果が出なかったからというわけではありませんが、その後の日本のバスケットを見ていても、現在、男子日本代表のヘッドコーチをしているトム・ホーバスさんが掲げているバスケットが日本には合っているように思います。

2011年のユニバーシアード男子日本代表がそうだったように、世界に出れば日本はサイズのない国です。ノーマークを作って、シュートを打っていく。そのためにはペイントアタックも必要になってきます。ノーマークになっているのであれば早く攻めてもいいし、そうでなければ24秒をかけてもいいでしょう。極端な話、タフショットになるくらいなら、シュートを打たずにオフェンスを終えてもいい。その代わり、次のディフェンスでしっかり守る。毎回タグアップをして、プレッシャーをかけていく。そうして流れを作って、その流れの中でシュートチャンスを作っていくことが大事だと思っています。

第8章

「4冠達成」を掲げて挑んだ監督ラストイヤー

監督交代の裏側

2024年をもって東海大学男子バスケットボール部の監督を退任し、2025年からはアソシエイトコーチになります。

アソシエイトコーチとは何か？　はっきりした定義は私自身もわからないのですが、アメリカのチームを見ているとヘッドコーチのすぐそばにいる年配のコーチというか、知恵袋的な存在のコーチをそう呼んでいるように思います。はっきりとした役割があるというよりも、監督が成長するために必要なサポートをする。それがアソシエイトコーチの仕事だと捉えています。

後任の監督は入野貴幸です。2001年の春、私の掲げた「1部昇格・インカレ優勝」という目標を笑うことなく、そのひとつを自身が4年生のときに達成してみせた、あの入野です。

前にも書いたとおり、入野は成績も優秀でしたし、実際に賢い男です。監督の経験もあります。ただしそれは高校バスケットでの話であって、大学バスケットで監督は初めてです。困ることもきっと出てくるでしょう。そんなときにサポートするのが私の役割だと思っています。

そうなるに至った経緯も書き残しておきましょう。

10年近く前の話です。

第8章

「4冠達成」を掲げて挑んだ監督ラストイヤー

教え子でもある入野貴幸（右隣り）はコーチとして2年、私のもとで勉強し、しっかり準備をしてくれていたので、安心して後任の監督として任せることができた

当時、私は東海大学体育学部の競技スポーツ学科長を拝命していて、学科内の人事も職務のひとつでした。東海大学は65歳が定年で、クラブの監督は現役の教職員が務めます。外部のOBなどがそのポジションのまま、あるいはプロとして監督を務めることは、野球部を除いて、できないルールになっています。前学長の山田清志先生からも「陸川先生も65歳を超えたら、もうバスケット部を見られないからね」と言われ、調べてみると実際に他のクラブもそうでした。

まだ50代でしたが、そろそろ後任を考えなければいけない。せっかく東海大学のバスケットが強くなってきたし、それを途絶えさせたくない。そう思い始めたのがそもそものきっかけです。

時代の趨勢とでもいうのでしょうか。採用はどんどん厳しくなってきていて、誰もが簡単に東海大学の教職員になれるわけではありません。とりわけ大学の教員ということになれば、第一に学生指導ができなければいけない。第二に教育（授業）、けです。

第三に研究。この3つができなければ教員にはなれないのです。そのうえでクラブのコーチングをしていくわけです。

誰がいいだろうか。託すのであれば、やはり卒業生がいいだろう。幸運にもBリーグには数多くの卒業生がいます。バスケットについてはよく知っていますし、指導もさまざまなコーチのそれを経験しています。しかし学生への教育ができるのか、あるいは何かについて研究をしているかといえば、そうではありません。大学院を経験している卒業生いないわけではありませんが、人間教育の面も含めて検討しました。

百歩譲って、教員資格を持っていて、研究も大学に入ってから探す道もなくはありません。しかしそれだけでもないのです。教職員で構成される委員会などに入って学内の組織を運営したり、それぞれの業務もしなければなりません。クラブ活動においても指導に終始するだけでなく、リクルート等で誰かに何かをお願いすることもあります。ときには頭を下げる必要もあるのです。

そうした総合力が必要だと思ったときに浮かんだのが入野でした。特性としては申し分ないし、当時はU18男子日本代表のアシスタントコーチも務めていて、人脈も広い。勝負の世界を渡り歩くしたたかさも持ち合わせています。入野しかいない。そう思えるくらい、ピタッとハマりました。

とはいえ彼も東海大学付属諏訪高校の教員をしながら、男子バスケットボール部の監督もしています。家庭と生活もあります。

いくら私が「入野だ！」と思っても、本人にその気がなければ絵に描いた餅です。まずは話をしてみよう。どうだ？　と聞いたら、引き受けたい気持ちはあると言います。副学長の山下泰裕先生や、現在の学長代理である梶井龍太郎先生に相談に行きました。すると「大学院に行って、修士号を持っていなければダメだ」と言うわけです。一難去ってまた一難です。

しかし渡りに船とはこういうことでしょう。ちょうど学園内で働き方改革がおこなわれていて、少なくとも週に1回は休まなければいけない規定がありました。入野の場合、土日に試合や練習があれば、一般的な休日がなくなるので、だいたい月曜日を休みにしていたようです。その月曜日を利用して、東海大学の社会人大学院に通えないかと持ち掛けました。

校長と相談しますと言われたのですが、その校長先生——中村正幸先生——が素晴らしい人だったのです。私の1つ年上で、東海大学のサッカー部出身。入野に「月曜日だけだと大変だろうから、月曜日と火曜日を休みにしたらどうだ」と言ってくださったのです。そこから入野は2年間、週の頭は長野から大学院に通っていました。その間も大学の練習を見られるときには見て、高校の練習を見なければいけないときはすぐに帰って、大変だったと思います。そうして修士号を取得したのです。

修士号を取ったからといって、すぐに教員になれるわけではありません。最後は山下先生にご尽力していただいて、2023年4月、東海大学の教員として採用していただくことになりました。

よく「なぜ、そのタイミングだったのですか?」と聞かれます。たまたまそのタイミングだった、というのが答えです。もしかするともっと早かったかもしれませんし、逆にもっと遅かったかもしれません。計画から6年くらいかかっているのですが、大学の人事はそれほど簡単なものではないのです。このタイミングを逃したらダメだというタイミングが2023年4月だったのです。

その時点で私は61歳です。定年まであと4年。入野とお酒を飲みながら、こんなことを伝えていました。

「入ってから2年は俺の下で勉強しな。3年目は自分で立ちなよ。俺がサポートするから。4年目、俺はもう入らないよ」

採用が決まったときにも「よし、ここから2年は俺が見るぞ。そのあとはおまえがやるんだぞ。準備しておけよ」。

その言葉をしっかり受け止めてくれたのでしょう。この2年間、彼はすごく準備をしていて、事あるごとにメモも取っていました。

2025年から東海大学男子バスケットボール部シーガルスは入野のチームになっていきます。

同じ舞台に立たせたい

2024年は私が東海大学男子バスケットボール部を指揮する最後の年になりました。その年の1年生で初めて留学生を迎え入れました。ムスタファ・ンバアイです。

その前年、つまり2023年の時点で、関東大学1部リーグに所属する12チーム中7チームに留学生がいました。そのうちの4チームが2023年秋のリーグ戦の上位4校です。

東海大学はこれまで、東海大学付属諏訪高校を卒業した中国籍の張正亮（ちょうせいりょう）こそ入学していましたが、基本的には日本人だけで勝負をしてきました。

ただ留学生のいるチームとの差は明らかに広がってきています。入野にチームを引き渡すにあたって、どうするか。スタッフで話し合ったときに「同じ土俵に乗せてあげないと入野が大変だろう」という話になったのです。NKK時代にそう思って、直談判したのと同じように、留学生を迎え入れて同じ土俵に立てれば十分に戦える。その自信は私だけでなく、スタッフも思っていたことだったので、リクルートすることにしたのです。

折も折、福岡第一高校の井手口孝先生から「もし東海大学が留学生を獲るのであれば、最初の子はウチの子を推薦したい」と言ってくださっていました。それがンバアイです。

彼は新型コロナウィルスの影響で入国が1年ずれています。だから福岡第一に入ったときは17歳でした。高校1年生でスタートしますが、最初の2年間は上級生がいるのでベンチスタートです。3年生になったときは年齢が超えているので試合には出られません。在学しながら、近くのクラブチームで試合には出ていたそうです。しかし勝負という視点での経験値は圧倒的に足りません。それでもすごくいい子なので、4年間あれば成長するだろうと思って、受け入れることにしました。

さすがに1年目で一気にブレイクすることはなく、やはり経験値の乏しさが露呈しました。でも最後までよく頑張ったと思います。

インカレの決勝戦で負けた後、記者会見がありました。本来であれば負けチームが先におこなうのですが、ミーティングが長引いたこともあって、先に優勝した日本大学が記者会見をおこなっています。

学連から「監督とスタメン5人で来てください」と言われたので、私、パーパー・ジャン・ローレン・スジュニア、ンバアイ、轟琉維、西田陽成、前野幹太の順で入って、その順番で席につきました。まずは試合を振返って一言と言われたので、私が「残念ですが、ベストを尽くしたなかでよく頑張ったと思います」と言い、ジュニアも「負けて悔しいけど、持っているものは全部、みんな、出せたと思います」と続きます。ンバアイの番です。

「ディフェンスがダメだった。リバウンドも取れなかった。リクさんが最後なのに……」

片言の日本語でそう言って、大泣きです。すぐに周りの子たちが「大丈夫、大丈夫だよ」とフォローしていました。

それを見ていて、もちろん負けて悔しい思いもあったのですが、どこか監督として最後の年もいい仲間たちと一緒に戦えたなと強く感じました。以前であれば、もっと悔しくて、もっと次の年に向けてメラメラするのですが、最後の年ということも手伝って、彼らは決勝戦に勝ち上がるまで頑張ったし、ンバアイはこんなにも涙を流しているし、大満足です。おまえら、本当によく頑張った。俺は幸せだった、という気持ちになりました。それが「はじめに」でも書いたミーティングでの言葉ともつながっているのです。

目の色を変えさせた春の敗北

ンバアイの涙からは話が大きく前後しますが、改めて東海大学男子バスケットボール部の監督としての最後の1年をまとめておこうと思います。

2024年の4年生たちが立てた目標は「4冠達成」でした。すなわち、春のトーナメント、新人戦、秋のリーグ戦、そしてインカレの優勝です。

それは一歩目で躓いてしまいます。春のトーナメントのベスト16で山梨学院大学に71－84で負けてしまいました。ディフェンスで崩れてしまったのです。

たとえオフェンスでうまくいかなくても、次のディフェンスをしっかり守る。それが東海大学のバスケットスタイルです。それができなかった。

敗北に言い訳は無用ですが、上級生をケガで欠いたことも響きました。下級生を中心に東海大学のバスケットをするのに、インカレから4ヶ月強という時間は少し短かった。ディフェンスをベースにしたチームづくりは時間がかかるものです。

もちろん相手もいることです。山梨学院大学の3ポイントシュートが、我々がいくらコンテストをしても、入りました。あっぱれとしか言いようがありません。入野が東海大学付属諏訪高校を指導しているときの教え子、野溝利一くんには試合後「よくやったな」と声をかけたほどです。いいプレーをしていたら敵も味方もありません。立派だと認めるだけです。

一方で「人間万事塞翁が馬」の言葉にもあるように、この災いが次にどんな福をもたらすのかが大事です。そう思っていたら、4年生の目の色が変わりました。

4年生だけで集まってミーティングをしたそうです。マネージャーやトレーナーが大泣きして、みんなで本音をぶつけ合ったと聞いて、「ああ、負けてよかったな」。負けないと本気になれない代もあるのです。負けて次につながるのであれば、それでいい。

ましてや、たとえ下級生が中心だろうが、84失点もするのは東海大学のバスケットではありません。前にも書きましたが、71得点しか取れないのであれば、相手を70点以下に抑えれば負けないのです。2024年は春のトーナメントで負けたところから原点回帰していきます。

新人戦

トーナメントが終わると1、2年生でチーム編成をする新人戦モードになります。例年であれば、その時期は上級生をオフにして、1、2年生だけで練習をするのですが、トーナメントで負けているし、怪我から復帰してきた選手たちもいたので、全員で練習をしました。

5対5では上級生が下級生を相手に真剣にファイトします。彼らに言っていたのです。

「いいかい、みんなで勝たせるんだよ。みんなでこの新人戦のチームを鍛えるんだぞ」

それがピタ一ッとハマりました。

私のなかでは関東の新人戦で優勝してくれれば、入野に監督の座を譲った後も大丈夫だろうという思いがありました。過去の例を見ても、関東の新人戦を獲っているときの子たちが上級生になったとき、かなりの確率で優勝、あるいはそれに近い成績を残しています。2024年の2年生は、入野が完全に独り立ちする年に4年生になります。だから新人インカレと呼ばれる新人戦の全国大会もさることながら、2024年は関東の新人戦をどうしても獲りたかった。実際に関東の新人戦を優勝しています。

北海道でおこなわれた新人インカレは4位でした。準決勝で中央大学と対戦したのですが、前半を終えた時点で21点のビハインドです。

中川知定真（ちでぃま）が重度の捻挫をするのですが、それでも「大丈夫です、行きます」と言って、コートに立ち続けます。しかし力が入らなかったのでしょう。チームトップタイの18得点をあげていますが、捻挫をしてからは少し精彩を欠いたかな。

それでもチームで2点差まで詰めて、2回逆転するチャンスがありました。そこでレイアップシュートを落として、もう一本も落として……大逆転勝利が本当に目の前まで来ていたのですが……。

一歩及ばず負けてしまいましたが、彼らは最後まで絶対に諦めませんでした。ビハインドが20点だろうが、30点だろうが、我々には関係ありません。絶対に諦めない。頑張り続ける。それが次につながると彼らはわかっていたのです。

実際に秋のリーグ戦に入ってからも、途中で10数点のビハインドを背負うことはしょっちゅうありました。

スタートダッシュが遅いのです。負けた状態から後半を始めて、最後に〝うっちゃる〟。最後の最後で3連敗をするのですが、それまでは逆転勝ちだとか、5点差以内での勝利が6試合もあります。

総括コーチの木村真人と「今年は1年目と似てるな」とよく話していました。

1年目と似ていたラストイヤー

総括コーチの木村は、私が東海大学に入る前に男子バスケットボール部の監督をしていました。厳密には久保正秋先生が監督なのですが、久保先生が筑波大学に博士号を取りに行っていたので、代わりに監督をやっていたのです。

その後、私が監督になるにあたって一度は辞めると言っていたのですが、当時の斎藤勝・体育学部長が木村に「陸川は何も知らないのに、おまえがいなくなって、どうするんだ」と言ってくださって、残ってくれたのです。

2年間一緒にやって、木村は一度、札幌校舎のバスケット部を立て直すために北海道に行きました。インカレに出られるような土台を作って、また戻ってきたので、以来、ずっとスタッフとして入ってもらっています。

そんな木村だから、私が監督になった年のこともよく知っているのです。

当時は関東大学リーグの2部です。そこで競り合いになると私は楽しくなってきます。すると木村が訝しげに聞いてくるのです。

「なんで、そんなに楽しそうなんですか？」

「おまえ、競らないと監督の仕事はないじゃないか」

試合中に負けているか、競り合っていると監督の仕事になるのですが、リードをしていたら、それも大量リードをしていたら、「誰を代えようか」「どう対策しようか」など何も考える必要がありません。

木村からは「そんなのおかしいですよ」と言われていましたが、私は常に「競るからおもしろいんだよ」と言って、競り合っている試合を楽しんでいました。

その経験がありますから、２０２４年の競り合うゲーム展開も楽しみながら、「似ているよな」という話ができたのです。

最後の3試合で負けたのはケガ人がいたこともありますが、どこかで勘違いをしていたところもあったように思います。ビハインドでも最後は勝てるだろうとか、全力の出しどころがひとつになっていなくて、個々でバラバラになっていました。試合を見に来た妻にぼろくそに言われたこともあります。

そのときに思うのです。よし、これはインカレを獲るチャンスだな、と。選手たちは最後に3連敗をしてダメだと思ったかもしれませんが、私はチャンスだと思っていました。むしろ、その状態でリーグ戦を優勝していたら、インカレの優勝はないなとも思いました。結果として、そのインカレも優勝はできないのですが、チームが勘違いをするような悪い状態のときに勝ってはダメなのです。そういうときは負けたほうがいい。デイブさんもよく言っていました。

「負けてはっきりとわかることがあるのなら、負けたほうがいい」

もちろん、そんなときでも試合では常にベストを尽くします。諦めるようなことは絶対にしません。そこで私が諦めたら、選手たちも諦めるんだなと思うから、絶対に諦めない。先ほども書きましたが、20点離されていても最後まで勝つために戦い続けます。

そのうえで負ければ、いつもと何が違うのかを洗い出せます。そうして気づいたことはすべてノートに書いていますし、ミーティングでも話します。選手たちにも整理させるのです。

私はけっして理論派ではありません。選手たちの心に響くかどうかを重要視しています。負けたときにどう考えて、どうするかは、みんなそれぞれ違うので、いかにそれをひとつの方向に向けるか。

このときはインカレの前に「ハカ」の映像を見せました。ニュージーランドのラグビーチームが試合前にやる儀式の「ハカ」です。毎年見せているわけではありません。その前は古川孝敏たちのときに見せたのだったかな。必要だと思ったときに見せるのですが、2024年はまさにそれが必要なときだったのです。それを選手たちに見せながら「東海大学が試合前にやるディフェンスコールはこれなんだよ」と伝えました。

東海大学は、試合前のウォーミングアップの最後に全員で隊列を作って、「ディーフェンス！」と声を出し、ディフェンスのステップを踏みます。それこそが東海大学流の「ハカ」です。2001年からずっとやっています。

そのあとみんなでハドルを組んで「ワン・ツー・スリー、シーガルス！」と言って、ベンチに戻ります。昔は「イチ・ニ・サン、シーガルス」と言っていたのですが、知り合いから「イチ・ニ・サンはカッコ悪い。ワン・ツー・スリーにしたほうがいい」と言われて、確かにそっちのほうがかっこいいなと。それで1年目から「ワン・ツー・スリー、シーガルス！」になったのです。

当時は馬鹿にされていました。小馬鹿にするような口調で「ディーフェンス、ディーフェンス……ワン・ツー・スリー、シーガルス」と、他チームの真似する声が聞こえるわけです。いつか見ておけよと思っていたら、最近はどこも「ワン・ツー・スリー、○○！」ですからね。

話は逸れましたが、インカレ前に「ハカ」を見せて、東海大学のディフェンスコールこそがそれだと言ったとき、響いた選手がいました。2年生の直井隼也です。新人戦のときはよいプレーを見せてくれていたのですが、リーグ戦に入ってからどこかで迷っていたようです。そんなときに「ハカ」を見て、「すっきりしました。

監督最後のインカレも決勝まで連れてってもらい、選手たちには感謝しかない

インカレは全力でやります」。インカレの準決勝、白鷗大学戦は彼のおかげで勝ったようなものです。

最後のインカレ

春のトーナメントはベスト16、新人戦は関東こそ優勝しましたが、新人インカレは4位、そして秋のリーグ戦は3位。目標の「シーズン4冠」はすでに達成できませんが、大学バスケットの最高峰はやはりインカレです。春からの悔しさを喜びに昇華させられれば、それまでの負けにも価値があります。

インカレの初戦は神戸医療科学大学との試合でした。95－78で勝つのですが、試合終了直後に思ったのは「ウチは対戦したことのないチームに弱いな」ということです。神戸医療科学大学は積極的に3ポイントシュートを打ってきます。一般的なセオリーとは異なるタイミングで打ってくるので、守りづらかったところはあります。スカウティングもしっかりしたのですが、実際の試合のなかでアジャストする力がまだまだ足りないなと思いました。

しかも78失点は東海大学のバスケットとは言えません。得点は問題なく取れているのだから、ディフェンスにフォーカスしなければいけませんでした。

もちろん選手たちには大会への気負いもあるし、ベンチメンバーも含めて全員を起用したことを考えると、初戦としてはギリギリ及第点と言えるでしょう。

2戦目の大東文化大学戦、準決勝の白鷗大学戦は真っ向勝負のゲームです。東海大学らしいゲームができたと思います。

決勝戦の日本大学戦は前半がよくありませんでした。みんなが受けに回っていたように思います。加えて「ホットガイ」、つまりその試合で調子のよい選手を抑えきれなかった。日大で言えば一戸啓吾くんと泉登翔くんです。キーマンは新井楽人くんと米須玲音くんです。彼らをいかに抑えるか。それについてはしっかり遂行できたと思います。コンゴロー・ディビッドくんについては、ある程度の失点を覚悟していたので、やはり敗因のひとつは一戸くんと泉くんへのディフェンスでしょう。

日本大学とは秋のリーグ戦でも対戦していて、1勝1敗です。いずれの試合でも彼らはさほど得点を取っていなかった。それにも関わらず、インカレの決勝戦ではホットガイになるのです。初戦と同様に試合のなかでいかにアジャストするか、ホットガイをいかに止めるかという力が足りませんでした。

前半を終えて19点差です。しかし絶対に諦めたりはしません。選手たちにも「悪いな、みんな。俺は絶対に諦めないよ」と伝えて――むろん選手たちも諦めていなかったとは思いますが――、後半、4年生の御林広樹と前野幹太をセンターとして起用しました。そこからだんだんとリズムを掴んできて、3点差まで詰め寄ります。やはり4年生の力は大きいなと改めて思いました。

ただ幹太が自分のファウルの数を把握できていなかった。それを伝えきれていなかったベンチの問題でもあるのですが、幹太がファウルアウト。今年のチームのキーマンでしたから、そこはひとつ痛かった点です。それでも19点のビハインドから3点差までリカバリーするなど、よくファイトしてくれました。前半は47失点していますが、後半は24失点です。30点を取らせていません。それこそが東海大学の目指しているバスケットです。

24年間監督をやっていても、理想どおりのバスケットは簡単にできません。それでも諦めずに戦い続けることが大事です。そして、たとえ負けても、その負けから彼らが何かを気づいてくれればそれでいい。選手といっても成長過程にある学生です。大学の4年間でどんどん変わっていきます。逆に言えば、1年生のときはわからないことのほうが多い。特に4年生がインカレに賭ける思いはわからない。それはそうでしょう。1年生にとっては初めてのインカレなのですから。でも決勝戦で負けた悔しさや、先輩たちが大泣きをしている姿を見て、インカレの重み、インカレが大学バスケットの集大成だとわかるのです。そうすると「来年こそはやってやろう」、しかも今度は「4年生のために」という強い思いも生まれます。

4年生も後輩たちの面倒を見たり、いい指導をして「いい兄貴」になればなるほど、下級生の「4年生のために優勝したい」という思いは、さらに強くなります。それこそが私の求める「ビッグファミリー」でもあるのです。

譲れない思い

2025年から先の東海大学男子バスケットボール部については入野に任せます。ただ譲れないというか、譲りたくないものはあります。

私のなかで、東海大学男子バスケットボール部はいい人たちの集まりで、勝つチームであってほしい。周りから応援される、愛されるチームであってほしい。

そのうえでバスケットとしては、ディフェンスとリバウンドとルーズボールは絶対にどこにも負けない。それらが勝利に導くという考え方のもとに、入野がどう肉付けするかは任せます。

バスケットボールという競技そのものはどんどん進歩しています。その情報への感度は若いコーチのほうが高い。コーチが100人いれば、そのバスケットも100通りです。新しいものを取り入れるのは構いません。ただ東海大学男子バスケットボール部が何を大事にして、どういうチームでありたいのかという根本だけは忘れないでもらいたい。

大学で学ぶ意味や意義

東海大学に限らず、日本の大学バスケット界について思うところもあります。

今、河村勇輝がNBAにチャレンジしていて、実際に本契約を結べるのではないかと想像できる位置まで来ています。そんな今を思ったとき、日本のバスケット界にはたくさんの「パスウェイ」ができてきているように思います。ここで言う「パスウェイ」とは自分の夢に向かうための道筋です。日本の高校からアメリカの大学に進学する道、オーストラリアなどを経由してアメリカの大学に行く道、河村のように日本の大学を中退して、Bリーグを経由して、アメリカに行く道……。「大学」を絡めて見ても、いろんなパスウェイがあります。いや、あっていい。最近そう思うようになりました。

そのなかの選択肢のひとつとして、日本の大学を選ぶのであれば、大学に来た意味や意義をしっかりと考えてもらいたい。目指す未来がBリーグであれ、NBAであれ、大学に来たら、大学の意味や意義は絶対にあります。

バスケットだけをするというのとは違います。もちろん勉強もありますが、もっと視野を広げて、ものの考え方や仲間とのつながりもそうです。大学にはいろんなクラブがあって、東海大学ではたまに他のクラブと合同練習をすることもあります。先日はサッカー部と一緒に練習をしました。そうするなかで視野を広げて、いろんなことを知り、学び、人間力を磨いていく。そうしたことが必要だと思っています。

バスケットのプロになれば、原則的にはバスケットだけの世界になります。そうなる前に人間としての視野を広げる。それが大学バスケットの意義のひとつだと思っています。

リーダーシップについても、プロになれば年齢が上がらないとキャプテンシーを発揮したり、責任感を持つことは難しい。でも大学バスケットでは、2年生のときに新人戦でキャプテンを務めたり、1年生に対してリーダーシップを発揮しなければいけません。4年生になったときはチーム全体のキャプテンであり、リーダーにならなければいけない。

そうした責任と、チームを引っ張っていくことを学べるところにも、大学バスケットの良さはあると思っています。

プロはシビアな世界です。よく言われることですが、ケガをしたらカットされる可能性だってある。ケガだけではありません。プレーそのものや生活の面からカットされたり、放出されるのがプロです。大げさに言えば、失敗が許されない世界です。

大学は失敗が許されます。むしろその失敗を学びに変えて、4年間で成長していくチャンスがあるのです。そのうえでプロで勝負できる道が拓けるのであれば、何があっても負けない考え方や、たとえ跳ね返されてもトライし続ける姿勢や強さを作っていけばいい。新しい道へと踏み込もうとするとき、大学時代に培った学びや経験は生きると思います。むしろ大学はそういう場でなければいけないとさえ考えます。

いろんなパスウェイがあるのですから、たどり着きたいゴールに向かうのに、どのパスウェイを通ってもいい。ただ、そこで大学という選択をしたのであれば、バスケットだけではない何かもしっかり学んでもらいたい。学ばなければ、もったいない気がします。

そう考えるとバスケットをしたいからと授業に出ないなんて論外です。当たり前のことを当たり前にする。すなわち単位を取得する。そうしなければ社会に出たとき困ります。

たとえプロ選手になったとしても、いつかは引退のときを迎えるわけです。私も、プロではありませんでしたが、37歳のときに現役を退いて、そこからＮＫＫの業務に携わっています。サラリーマン生活です。そこではバスケットでの実績など、ほとんど意味を持ちません。興味は持ってもらえるでしょうが、与えられた仕事を勤勉にできるかどうかを見られます。当たり前のことを当たり前にするとは、そういうことです。

かつては私も「すぐにプロの道など行かずに、大学の4年間でしっかり腰を据えて」と思っていたのですが、河村を見て、考え方を改めました。いろんな道があっていい。

在学中の河村はそのころからしっかりとしたビジョン、将来像を持っていました。こうなって、こうなって、パリ2024オリンピックに出て、その先は――と。コロナ禍で大学の試合がないときです。自分のパスウェイを具体的に描いていました。

その後、特別指定選手としてBリーグのコートに立って、いろんな選手に揉まれたことで、まずはそこを真剣に目指したい。そう考えられる彼だからこそ送り出しました。

2年生のときですが、取得すべき単位はすべて取っていましたし、教職課程の単位もすべて取っていました。すごい子です。そんな河村と、その後に彼の進む道を見ていたら、私自身の考え方も変わってきました。そういう力を持っている子なのです。

よりよい日本のバスケット界に――

もう一歩踏み出して、日本のバスケット界についても、今の私の思いを記しておきたいと思います。

日本のバスケットは今、本当に素晴らしいと思っています。2024年の年末にエスコンフィールドHOKKAIDOでレバンガ北海道とシーホース三河の試合がおこなわれました。野球のスタジアムのなかにバスケットコートを作って、試合をしたわけです。初戦が19000人強、2戦目も15000人強の観客が入ったそうです。もはやNBAです。とうとうこの日が来たかと思いました。

両チームに卒業生がいますから、どうだった？　と連絡したら、「こんな経験はできません。すごいです」と興奮気味に話していました。

それとは別に、岐阜県でクリニックがあったとき、B3の岐阜スゥープスの試合を見に行きました。小林康法がヘッドコーチを務めていて、見に来てくださいと一番いい席に招待してもらったのです。その日の観客は3000人。B3です。エスコンフィールドの19000人に比べると少ないですが、アリーナがいっぱいになるほどの観客が必死に応援しているゲームは、B1に負けないくらい見ごたえがありました。

バスケットボールというスポーツが、かつてのような感覚ではなくなってきています。それほど地域に認められてきている。市民権を得たと言い換えてもいい。

それほど日本のバスケット界はいい方向に進んでいるのです。もっともっと、よりよい方向に進んでいくべきです。

惜しむらくは、それが下部のリーグやチーム、学校などとも「ウィンウィンの関係」になったら、さらによいのかなと思います。サッカー界では移籍金などで得た収入をその選手が在籍したクラブなど――小中学生レベルに至るまで――分配していると聞いたことがあります。そういうルールをバスケット界でも作るべきです。

岐阜とは異なりますが、B3のコーチと話したとき、以前見かけた有望な選手がいないことを聞いたら、上位カテゴリーのチームに引き抜かれたと言うのです。「移籍金や育成費は出ないの？」と聞いたら「出ません」と。「声を上げなさいよ」と言っておきました。

力のある選手、才能のある選手は最終的にB1に行く可能性があります。だからこそ、その選手を発掘し、育成したチームにもそれなりの対価を用意すべきではないかと思うのです。「それを元手にまたいい選手を育ててください」と言えるのが、本当のプロだし、そういう日本のバスケット界になっていってほしいなと思います。

おわりに

俺って何だろう?——そう真剣に悩んでいる時期がありました。「何のために生きているんだろう?」。そんな自問自答を繰り返していたのです。

1992年頃だったと思います。

その答えは意外なところから出てきました。

日本代表選手として最後の大会になったジョーンズカップです。大会を終えた日に韓国代表の選手たちに飲みに誘われました。熾烈に争ったライバルで、ダブルファールを取られたことのあるキム・ユテクがいて、韓国では「バスケット界の大統領」と呼ばれたホ・ジェがいて、その盟友ともいうべきポイントガードにカン・ドンフィもいました。韓国が最も強かった時代の代表チームです。

そんな彼らに誘われて飲んでいたら、彼らが私のことを「ヨシ」と呼ぶのです。「リクカワアキラ」に「ヨシ」はない。「ヨシってなんだよ?」と聞いたら、彼らが言うのです。「おまえは試合中、よく手を叩きながら『ヨシ!ヨシ、ヨシ!』と言っている」。ヨシといいながら、チームを鼓舞していたわけです。

それこそが「俺って何だろう?」という悩みに対する答えでした。

「そうだ、『ヨシ!』だ。どんなに負けていようが、どんなに苦しい状況だろうが、『ヨシ! ヨシ、ヨシ!』と言えるのが俺なんだ!」

答えが出たらスーッとしました。

大学時代は「歌って踊れるセンター」というキャッチコピーをつけられていましたが、それ以前からも私のモットーは「明るく楽しく元気よく」です。しかし年齢や経験を重ねて周りが必要以上に見えるようになり、そのことで自分を見失いそうになっていたのかもしれません。そんなときの「ヨシ!」です。

彼らは私が日本代表を退いてからも、私のことを「ヨシ!」と呼び続けます。1999年、福岡でアジア選手権がおこなわれたとき、日本対チャイニーズタイペイの解説を担当させてもらいました。そのときも韓国代表の選手たちが放送ブースにいる私に向かって「ヨシ! ヨシ!」と言って手を振っている。「シーッ、仕事中なんだからやめろよ」。ジェスチャーで返しましたが、こういうつながりはうれしいものです。

アイデンティティを認識させてくれたのは韓国だけではありません。話は前後しますが、1991年に神戸でおこなわれたアジア選手権のことです。準々決勝ラウンドで北朝鮮と対戦しました。北朝鮮には在日の選手も選ばれていたのですが、彼とは一度、飲んだことがあるのです。NKKの先輩である塚本清彦さんが兵庫県出身で、彼の地元で一緒に飲んだ仲間の一人が彼だったのです。その彼があとで教えてくれました。

「北朝鮮の監督が『日本の陸川こそ真のキャプテンだ』って言っていますよ」

今思えばそれも「ヨシ！」なんです。どんな状況でも「ヨシ！」。

なぜ、その話を「おわりに」で入れたのかといえば、親父の言葉が思い浮かんだからです。第4章にも書きましたが、私が「ダメだ」と漏らしたとき、親父が「ダメだと思ったらダメだわや！」と喝を入れてくれた。以来、ばあちゃんの「負けるが勝ちだわや！」と合わせて、私の核になっている言葉です。

本書を通して、人生は自分の信念次第で進む、ということを伝えたかった。私自身は、ばあちゃんと親父の言葉を受けて、常に「明るく楽しく元気よく」をベースに生きてきました。そうした自分の思いや考え方、それらの核となる信念が自分自身の人生を切り拓いていくのです。

たとえ負けたとしても、ポジティブに、そこで何かを学んで成長すれば、負けという結果もよかったことになる。私がそうだったように、バスケットを通して多くのことを学んで、一歩ずつ進んでいけば、幸せの道を歩んでいけるのではないでしょうか。

新井高校でバスケットボールを始め、学生時代も合わせると現役生活22年、東海大学に入って監督生活24年です。今、63歳ですから、人生の7割以上をバスケットボールとともに歩んできました。

バスケットボールは最高のスポーツです。もちろんほかのスポーツもおもしろいのだけど、私にはバスケットボールが合っていました。むしろ、ますます、どんどん好きになっていっています。

技術や戦術はどんどん進化して、いろんなことが変わっていくのですが、そこにある純粋な気持ち、高校でバスケットボールを始めたときの「うわ、バスケットっておもしろい！　楽しい！」という気持ちは今も変わっていない気がします。純粋におもしろいな、このスポーツはいいなと思います。

どうしてだろう？

その「どうしてだろう？」をこれから探すのかもしれません。２０２５年は「忍」の字だと思います。入野やチームに対して言いたいことも絶対あるだろうし、自分だったらこうするという思いも出てくるでしょう。妻は「あなたは親分肌だから絶対にコーチングをしたくなる。言わないなんて無理だ」と言うのですが、そうなったら、そうなったときに考えればいい。でも入野に託した以上、アドバイスはしますが、まずは「忍」の字です。

私は監督しかやったことがありません。デイブさんのもとでアシスタントコーチをしましたが、あのときは勉強に来たボランティアコーチですから、ちょっと違います。監督以外のコーチは初めてです。できるのかな（笑）？

本書を出版するにあたって、多くの人たちに感謝を申し上げます。名前を挙げればきりがないほど多くの人に支えられて、バスケットボールでは「第二の人生」というべき監督を終えることができました。

最後の試合は負けてしまいましたが「負けるが勝ちだわや」です。ここからです。これが人生。まだまだ続くよ。前を向いて。元気を出して。〝顔晴ろう〟！

ワン・ツー・スリー、シーガルス！

2025年3月

東海大学男子バスケットボール部　監督

陸川 章

PROFILE　（りくかわ・あきら）

1962年新潟県生まれ。新潟県立新井高校でバスケットに出会い、卒業後、日本体育大学へ進学。日体大では2年次よりスターターとして活躍。大学卒業後は日本鋼管(NKK)に入社、日本リーグ優勝（2回）やMVP獲得など、多くの実績を残した。日本代表にも11年間という長きに渡って選出され、国際舞台で活躍、2年間キャプテンも務めた。1999年のチームの休部に伴い、37歳で現役を引退。その後社業に専念した後、2000年10月アメリカのカリフォルニア州立大学ロサンゼルス校（CSULA）にコーチ留学し、デイブ･ヤナイ氏のもとでコーチングの勉強を行い、2001年度より東海大学男子バスケットボール部シーガルスの監督に就任。全日本大学選手権大会優勝7回を数え、卒業生の中からBリーガーを50名以上輩出している。2024年度で監督を退任、2025年度からアソシエイトコーチとしてチームを支えている。

JBA
JUBF
AJIBC
76th ALL JAPAN INTERCOLLEGIATE BASKETBALL CHAMPIONSHIP
CHAMPIONSHIP
INTERCOLLEGIATE BASKETBALL

東海大学男子バスケットボール部
SEAGULLSの成功哲学

負けるが勝ちだわや

2025年4月18日初版第一刷発行

著　者：陸川 章
発行所：株式会社 竹書房
〒102-0075
東京都千代田区三番町8番地1 三番町東急ビル6階
E-mail info@takeshobo.co.jp
URL https://www.takeshobo.co.jp

印刷所：共同印刷株式会社